サンボン

illustration.ゆか

醜いオークの逆襲

Counterattack of the ugly orcs

同人エロゲの鬼畜皇太子に転生した喪男の受難

The suffering of a mourner who was reincarnated as the brutal crown prince of a doujin erotic game

イルゼ
ルートヴィヒ

オフィーリア
ナタリア

「ルイ様……
どうか、我慢なさらないでください。
全てを吐き出して、このイルゼに
ぶつけてください」

「イルゼ……
イルゼ……
うあああああ……っ」
僕はイルゼの胸に顔を埋め、
思いきり泣いた。
前世の人格と記憶を取り戻す前の
ルートヴィヒと、今の僕。
そんな二人分の僕を、
イルゼは優しく抱きしめてくれた。

「ル、ルイ様……」

「ブ、ブヒ!?」

「ふふ……

私、男の人と一緒のベッドで眠るなんて、
家族を含めてあなた様が初めてです……」

「そ、そうでしゅか……」

完全に語彙力が崩壊した僕。
そんな僕の腕に大きくて柔らかな
胸を押しつけ、イルゼが嬉しそうに
微笑んだ。
……今夜、僕と僕のオークは、
この状況に耐え抜くことが
できるだろうか。

オフィーリアを突き飛ばし、
僕を見て微笑むイルゼ。
彼女も触手に気づいたものの、
間に合わないと判断したみたいだ。
一本だったはずの触手が無数に
枝分かれし、宙に浮いた体勢の
イルゼに襲いかかる。
このままだと、触手によってその
美しい身体が蹂躙されてしまう
だろう……。

醜いオークの逆襲
Counterattack of the ugly orcs

同人エロゲの鬼畜皇太子に転生した喪男の受難

The suffering of a mourner who was reincarnated as the brutal crown prince of a doujin erotic game

サンボン

illustration.ゆか

CONTENTS

序章　喪男の僕が、鬼畜系同人エロゲに転生してしまいました

「どうしてこうなった……」

僕は、鏡の前で茫然と立ち尽くしていた。

何故(なぜ)なら、目が覚めたらラノベよろしく異世界に転生していて、しかも鏡に映った姿はどこからどう見ても、僕が前世で死ぬほどやり込み、フォローしている同人サークルの鬼畜系同人エロゲの主人公だったのだから。

「えぇー……よりによってこのゲームって……」

僕が転生したゲームのタイトルは、『醜いオークの逆襲』。

文字どおり、まるでオークのように肥え太った、醜い容姿のバルドベルク帝国の皇太子、ルートヴィヒ＝フォン＝バルドベルクが帝国軍を率いて西方諸国を次々と占領し、そこにいる姫や女騎士、魔法使い、果ては村娘やエルフといった異種族まで、全てを凌辱して奴隷にしていくというタワーディフェンス型のシミュレーションＲＰＧだ。

設定としては、ルートヴィヒの婚約者になる予定だった、隣国の姫君からの心無い一言と、そ

こから端を発した西方諸国の全ての人々からの誹謗中傷に傷つき、女性不信に陥ってこの世の全女性を敵とみなしたことが、始まりとなっている。

まあ、エロゲあるあるの最低主人公だけど、前世の僕はこのルートヴィヒの境遇に共感した。

あ、もちろん行為そのものは、一切共感できないけど。

どうして共感したのかって？　だって、僕もまた喪男と呼ばれるような、女子とは一切縁のない男子大学生だったから。

小・中・高と周囲から疎まれ続け、当然ながら女子に話しかけられたことは一度もなく、大学生になってからも学校とバイト先と自宅をぐるぐるローテするだけの、寂しい人生。

大学やバイト先で同級生や先輩達が女子とイチャイチャしているのを眺め、家に帰っては同人エロゲでコンプレックスと溜まった欲望を吐き出すだけの、最低の人生。

ああ……そうか。

だから僕は、こんな最低な世界の、最低な主人公に転生したのか。

あはは、本当に僕にはお似合いだ……って。

「そ、そうじゃないだろ、僕！」

いやいや、ちょっと待ってよ!?　転生先がこの鬼畜ゲーって、どうして二度目の人生でも罰ゲームなんだよ！

などと、思わずツッコミを入れてしまうのも当然だ。

だって。

「このゲーム、破滅エンドしかない……」

顔を覆い、僕はがっくりとうなだれる。

普通、商業エロゲならなんだかんだで救いのあるエンドを用意したりするものだけど、同人エロゲとなるとサークルの欲望全開で作ったりするので、一切救いのない破滅オンリーのとんでもゲームになる場合がある。

この『醜いオークの逆襲』も、まさにそれ。

主人公は全ての国を滅ぼしても、突如現れる英雄（男）にエンディングであっさり取って代わられ、処刑されるシーンとともにスタッフロールが流れるという、二十時間も費やしてそれかよと、思わずツッコミを入れたくなってしまうようなトゥルーエンドなのだ。

それ以外にも、敗北エンド、反乱エンド、自殺エンド……破滅エンドのオンパレード。もちろん、生存確率は〇パーセント。

とにかく、このままだとせっかく転生したのに、僕は遅かれ早かれ死ぬ運命でしかない。

どうする……？　破滅エンドを回避するために、ストーリーを改変してみるか……？

そう考えたけど……駄目だ、どうやっても回避する方法が見つからない。

何より、バルドベルク帝国は僕がいなくても父である皇帝が西方諸国の征服を目論（もくろ）んでおり、侵略戦争はほぼ確定だ。

僕も皇太子である以上、その運命からは逃れられない。

「ハア……やっぱり僕、死ぬしかないんだな……」

絶望しか残されていない未来に、僕は涙を零す。

だけど、見た目がまんまオークのため、ただただ醜い。

ゲームの展開を知ったところで、全体の九割が凌辱シーンだから、残り一割の戦闘パートで勝利してもシナリオが変わるわけじゃない。

……うん、もう諦めよう。

所詮僕は、何度生まれ変わってもろくな人生にはならないんだ……って。

「いやいやいやいや⁉　だからちょっと待てって！　僕、また死んじゃうなんてやだよ！」

あまりのショックに自暴自棄になりかけたけど、思い直し頭を抱えて叫んでいると。

——コン、コン。

「……失礼します。本日付でルートヴィヒ殿下にお仕えすることになりました、イルゼと申します」

緊張した面持ちで入ってきたのは、メイド服を着た一人の女性。

艶やかな藍色の髪とは対照的に、同じ藍色であるにもかかわらず光を失っているかのような、冷たさと闇を感じさせる切れ長の瞳。

通った鼻筋に桜色の唇。

そして、同人エロゲにありがちな肉付きの良い蠱惑的なスタイル。

もちろん僕は、彼女のことをよく知っている。

メインヒロインの一人で、ルートヴィヒの肉奴隷に仕立て上げられた薄幸の子爵令嬢、イルゼ

＝ヒルデブラントだ。

だけど……ちょっと待てよ？

「あ……あの、尋ねてもいいですか？」

「っ⁉　な、何でございましょうか……？」

一瞬目を見開き、おずおずと聞き返す彼女。

こんな反応からも、僕は違和感を覚えずにはいられない。

「そ、その……僕とあなたは初対面、ですよね……？」

「は、はい。そのとおりですが……」

質問の意図が分からず、イルゼは困惑の表情を浮かべている。

だけど、困惑しているのはむしろ僕のほうだ。

だって、『醜いオークの逆襲』の最初……チュートリアルの段階で、既にイルゼは僕の肉奴隷で、恍惚（こうこつ）の表情を浮かべる彼女との行為に及ぶシーンから始まるのだから。

「で、では、今日は何年何月何日なんですか⁉」

「え……？　帝国暦二七〇年三月十七日ですが……」

「っ⁉」

それって、ゲーム本編が始まる五年前じゃないか⁉

ということは、今の僕は十四歳ということになる……。

「そ、そうですか、ありがとうございます」

「い、いえ……」

だけど……そうか。

物語が始まる五年前なら、ひょっとしたら……。

その事実に、僅(わず)かな希望を見出(みいだ)す。

本編が始まるまでに五年も猶予があれば、ひょっとしたらストーリーを改変できるかも知れない。

死んでしまうラストしかない、そんな最低なストーリーを。

「デュフフ……僕はまだ、やり直せる……っ」

微かに見えた希望に、拳を握りしめて口の端を持ち上げた。

僕の笑い声が、ゲームの中のルートヴィヒと同じ下品なものになっていると気づかずに。

「そ、それで……私はどうすればよろしいでしょうか……？」

意気込んでいる僕に、イルゼがおずおずと尋ねる。

おっと、すっかり彼女がいることを忘れていた。

「あ、うん……と、とりあえずは特に用事もないので、その……お疲れ様でした」

「っ⁉」

そう言って僕がペコリ、とお辞儀をすると、イルゼはまた目を見開いた。

あ……一応僕は皇太子なのに、メイドにお辞儀をするって不自然か。

でも、前世ではこんな可愛(かわい)い女子と会話したことなんてないから、どう接していいか分からないし、緊張しすぎて敬語しか使えないんだけど。

　すると。

「あ、あの！　私は……ルートヴィヒ殿下のお世話をするためにおります！　で、ですので、どのようなことでもご命令ください！」

　胸に手を当てながら、藍色の瞳に恐れ、困惑、不安、そして覚悟を湛えてそう告げるイルゼ。

　もう、こんなに綺麗な女子がそんな必死な姿を見せるだけで、僕のメンタルはボロボロです。

「で、でしたら、しばらく僕を一人にしてくれると、嬉しいんだけど……」

「え……？」

　そう答えると、絶望の表情を浮かべながら声を漏らすイルゼ。

　なんだか申し訳ないと思いながらも、自分を守るのに必死なので、とにかく一人にしてください……。

「わ、私に何か、落ち度がありましたでしょうか……？」

「お、落ち度なんてないですから！　むしろ、イルゼ……さんみたいに綺麗な女性が、僕みたいな醜い男に仕えてくれるだけでもありがたいんですから」

　呼び捨てにする勇気もなく、思わずさん付けをしてしまう僕。

　挙動不審な態度といい敬語といい、とても皇太子がメイドに接する態度じゃない。

　それは分かっているけど、ルートヴィヒみたいな鬼畜ムーブなんて、喪男の僕には無理ゲーすぎる。

「そ、そういうことですので！　イルゼさんはゆっくりしていってください！」

「あ……その……で、では、失礼いたします」

「は、はい」

恭しく一礼して、部屋を出ていくイルゼ。

これ以上なく困惑した表情をしつつも、どこか安堵したように見えたのは気のせいじゃないだろう。

「デュフフ……まあ、僕の相手をしなくて済んだんだから、嬉しいに決まってるかー……」

チラリ、と鏡に映る醜く太った自分の姿を見やり、僕は自虐的な笑みを浮かべた。

「さて……それで、これからどうしようか……」
ここが『醜いオークの逆襲』の五年前と分かった以上、ゲームと同じようなスタートを切らないように手を打たないと。
「ええと……ゲームでは、隣国のベルガ王国への侵略を皮切りに、西方諸国を攻めていくんだったな」
元々、ベルガ王国への侵略を開始したのは、あの国にルートヴィヒの婚約者になる予定だった姫君、ソフィア＝マリー＝ド＝ベルガがいるからという設定だった。

つまり……ルートヴィヒをこんな歪(ゆが)んだ性格にしてしまった、張本人が。

彼女に出会うまでは、ルートヴィヒも純真無垢(じゅんしんむく)で引っ込み思案な性格で、ゲームのような鬼畜じゃなかった。

だけど。

『お父様！　私はオークみたいな醜いバケモノのお嫁になるなんて、絶対に嫌よ！』

ルートヴィヒが十三歳の時、初めての面会の場でルートヴィヒを見た瞬間に発した、ソフィアの心無い言葉。

ベルガ国王に泣きついて必死で訴える彼女の姿が、なおさらルートヴィヒの心を深く傷つけた。

しかも、それだけにとどまらず、父である皇帝は別の国にも打診し、ルートヴィヒの婚約者を募った。

だけど……どの国も、返事は同じだった。

『可愛い姫を、〝醜いオーク〟などに嫁にはやれない』

あのベルガ王国……いや、ソフィアが周辺諸国に吹聴(ふいちょう)して回ったのだ。

ルートヴィヒの、オークのような醜い姿を。

いや、それだけじゃない。

あろうことか、ルートヴィヒの性格まで改ざんして、父譲りの暴力的で粗野で卑劣な性格で、女性であれば見境なく発情する、名実ともに最低最悪のオークという人物像に仕立て上げたんだ。

そのせいでベルガ王国から周辺諸国を経由し、僕の悪評はこのバルドベルク帝国を含め西方諸国全土に広まってしまい、もちろんルートヴィヒ本人の耳にも入った。

そのことが余計にルートヴィヒを闇堕ちさせ、彼は自室に引きこもって誰とも会おうとしなくなった。

そんな主人公を慰めようと、父親である皇帝、オットー＝フォン＝バルドベルクはルートヴィヒのためにオモチャを与えたんだ。

メチャクチャに壊しても構わない、そんなオモチャを。

「つまり僕……いや、ルートヴィヒは、彼女に手を出したことがきっかけで壊れるんだな……」

彼女というのは、もちろんさっきのイルゼのことだ。

だからこそ、彼女はそんな未来を想像して、あんな悲壮な表情を浮かべていたのだ。

「ハア……そうすると、少なくとも彼女に手を出さなかったことで少しは物語が変わった、ということでいいんだよね……」

イルゼに手を出さなければ、ルートヴィヒが壊れることもない。

つまり、女性を求めて手あたり次第に国を滅ぼそうとしない……なんて。

「そんなわけないかあ……」

他国への侵略は、ルートヴィヒではなくて皇帝が一番望んでいる。

この西方諸国の覇者となることを夢見る、オットー皇帝が。

「となると、皇帝を排除することが、シナリオを改変する最も有力な方法なんだけど……」

うん、無理。

だって、ルートヴィヒの最大の理解者で支援者である皇帝がいなくなったら、それこそ僕は皇帝や僕に不満を持つ貴族達から、真っ先に殺されてしまうよ。

そもそもこのバルドベルク帝国自体、オットー皇帝の独裁政治によって統治されていて、一枚岩じゃないんだから。

「ああもう……どうすりゃいいんだよ……」

頭を抱え、僕はベッドの上にゴロゴロと転がると……鏡に映る、僕と目が合った。

「……こう言ったら何だけど、ひょっとして僕も痩せたらそれなりに見られる顔になるんじゃないだろうか」

自分のたるんだ頬や下顎の肉をつまみ、ポツリ、と呟く。

よくよく考えれば、あの剛毅でイケメンなオットー皇帝の息子なのだから、本当は顔も悪くないような気がする。

……まあ、母親似（スチルはない）の可能性もあるけど。

「そ、そうと決まれば！」

僕は、ベッドから下りると。

「絶対に痩せて、それなりの見た目になって、何とかしてヒロイン達に嫌われないようにして……そして、破滅エンドを回避するぞ！」

拳を突き上げ、大声で叫んだ。

第一章　暗殺者　イルゼ＝ヒルデブラント

「ルートヴィヒよ。あの女は、気に入らなかったか？」

綺麗な女性を二人も侍らせ、わざわざ部屋までやってきて心配そうにそう尋ねるのは、父親のオットー皇帝。

ゲームのキャラ設定では、西方諸国の支配を目論む非情な暴君ではあるものの、一人息子のルートヴィヒを溺愛する愚かなパパンである。

「そ、そんなことはありません！　イルゼのような美しい女性は、僕にはもったいないほどです！」

「そ、そうか……」

ずい、と詰め寄って訴えると、驚いてのけぞる皇帝。

というか、イルゼの実家は子爵とは名ばかりの没落貴族で、皇帝の支援がなければ滅んでしまうほど追い込まれている。

だからイルゼは家族のため、ヒルデブラント家の再興のため、皇帝の命に従って僕のオ・モ・チ・ャ・になることを受け入れたんだ。

それなのに僕に嫌われて、皇帝の支援を受けられなくなってしまったら、彼女の覚悟も想いも台無しになってしまう。

というか、鬼畜系同人エロゲなのに登場人物の一人ひとりの設定がやたらと重いの、勘弁してほしい。

前世では呑気にプレイするだけだから気にしてなかったけど、いざ当事者になるとメンタルがつらいです。

「ルートヴィヒがあの女を気に入ったのならよいが……言っておくが、くれぐれも本気になってはならんぞ？　お前には、もっと相応しい相手がいるのだからな」

「は、はい……」

戸惑いながら返事をしてみるけど、その相応しいと思っていた相手にトラウマを植え付けられたのですが……。

「だが、お前の表情に少しだが明るさが戻ったようでよかった。お前をこんな目に遭わせたベルガ王国をはじめ、周辺諸国にはこの余が必ず鉄槌を下してやるゆえ、楽しみにしておるがよい。その時には、ルートヴィヒにも存分に報復する機会を与えてやろうぞ」

皇帝は微笑んで僕の頭を優しく撫でると、女性二人の腰に手を回して部屋を出ていった。

「はあああ……」

足音が遠ざかっていくのを確認し、僕は盛大に息を吐いた。

というか皇帝、見た目オークの息子にメッチャ甘くない？

あの『醜いオークの逆襲』で世界を震え上がらせた暴君、オットー＝フォン＝バルドベルクはどこに行ったんだよ。

だけど。

「中身はルートヴィヒじゃなくて、僕、なんだよなあ……」

そう考えると申し訳ないけど、こればかりは僕のせいじゃないので許してほしい。

でも……あれ？　だったら、元々のルートヴィヒの人格はどうなったんだろう？

そんなことを、ふと考えていると。

「っ!?　あああああああああああああッッッ!?」

突然頭に激痛が走り、僕は床に倒れ込みのたうち回る。

痛い、痛い、痛い。

頭が……頭が割れそうだ……っ。

「だれ、か……たすけ……っ」

ただでさえ醜いのに涙と鼻水とよだれでグチャグチャになった顔が……ブクブクと太りすぎて豚にしか見えない身体(からだ)が、無情にも鏡に映って僕の視界に入った。

ああ……まさかゲームのストーリー本編に入る前に、このまま死ぬのかな……。

そんなことが頭によぎった、その時。

「ルートヴィヒ殿下!?」

青ざめて必死な表情を浮かべる、イルゼの顔が見えて……。

――僕は、意識を失った。

「…………………………あれ？」

目を覚ますと、そこは知らない天井だった……って、いやいや、これ自分の部屋じゃん。

どうやら僕は、死なずに済んだみたいだ。

「っ⁉　ルートヴィヒ殿下⁉」

「わっ⁉」

突然目の前に綺麗な女の子……イルゼの心配そうな顔が現れ、僕は驚きの声を上げた。

え？　え？　どうして……？

「そ、そのー……」

「よかった……意識が戻られたのですね……」

胸に手を当て、心からの安堵の表情を浮かべるイルゼ。

だけど……。

「ねえ、イルゼさん……君は、どうして僕のことをそんなに心配してくれるんですか？」

不思議に思い、僕は彼女にそう尋ねた。

彼女からすれば、僕は君をオモチャにする〝醜いオーク〟でしかないはずなのに。

「そ、そんなの当然ではないですか。殿下は私のご主人様なのですから……」

「そ、そう……」

イルゼに『ご主人様』って言われると、どうしてもゲームを思い出してしまう。

彼女はルートヴィヒのことを常に『ご主人様』と呼ぶ、従順な犬だったから。

そして僕はさっき意識を失う時に、全てを知った。

ルートヴィヒの童貞卒業の相手が、イルゼだということを。

つまり……ルートヴィヒは、現時点でなお童貞ということだ。

いや、異世界転生ラノベあるあるだとは思うけど、まさか頭痛が起こると同時にルートヴィヒの記憶が流れ込んでくるなんて思わないって。

しかも、こんな醜い顔や身体になった原因も、ようやく分かった。

ルートヴィヒは、女性を物のように扱うオットー皇帝を見て……自分の母親が捨てられ、惨めに死んだ姿を見て、心を病んでいわゆる過食症になってしまったんだな。

ソフィアにあんな辛辣な言葉を投げかけられたことといい、そう思うと色々と可哀想だなあ、と思ったりもする。

「と、とりあえず、僕はもう大丈夫だから、その……ありがとう、イルゼさん」

「あ……」

僕は少し恥ずかしくなり、頭を掻いて彼女にお礼を言った。

「……ルートヴィヒ殿下は、やはり噂に聞いていた御方（おかた）とは違うのですね」

「そ、そう……？」

「はい」

うーむ……どんな噂なのか非常に気になるところだけど、どうせろくなものじゃないことは最初から分かっているので、あえて聞かないでおこう。

「そ、そういうことだから、イルゼさんもここにいなくていいですからね」

「あ……わ、私がここにいては、ゆっくりお休みになれませんね。失礼いたしました」

しまった、というような表情を浮かべ、慌てて立ち上がって深々と頭を下げるイルゼ。

そういうことじゃないんだけど、説明したら余計にこじれそうなので、ここは黙っておく。

「それでは、失礼いたします」

イルゼは恭しく一礼をして、部屋を出ていった。

「さて……早速始めるとしようか」

僕はベッドから下りると、前世でもしたことのないスクワットを始めた……んだけど。

「き、きっつい……」

たった一回すら立つ上がることができず、しりもちをついて疲労困憊（ひろうこんぱい）になるこの身体に、僕は憎しみを覚えた。

「あ、僕の朝食……というか、これから朝昼晩の食事は野菜中心で、もっと量を少なくしてください」

「え……？」

朝からテーブルの上に所狭しと並べられている豪華な肉料理の数々を見て、僕は胸やけを起こしつつイルゼにそう告げた。

だけど、そんなに目を見開いて驚かなくてもいいと思うんだけど。

「や、やはりどこかお身体の具合が……」

「いやいや、僕もそのー……少し痩せようと思って……」

「ルートヴィヒ殿下が⁉」

だから、いちいち驚くのはやめてください。

「それで……食事が終わったあと、もしイルゼさんの手が空いていたら、お願いしたいことがあるんですけど……」

「あ……」

そう言った瞬間、イルゼの表情が変わる。

「……かしこまりました。では、支度をいたしますので、少々お時間をいただいてもよろしいですか……？」

あ、これ、絶対に勘違いしているやつだ。

「え、えぇと、僕がお願いしたいことというのは、痩せるための特訓に付き合ってほしいというか、指導をお願いしたいんですが……」

「え⁉　あ、そ、そちらでしたか……」

うん、やっぱり勘違いしていた。

というか、この僕だよ？　前世プラスルートヴィヒの年齢イコール彼女いない歴の僕に、イルゼみたいな綺麗な女子に手を出すなんて、ハードルが高すぎる。

「ですが、どうして私にそのようなお願いを？　特訓であれば、他にも騎士団長など、適任者がいると思いますが……」

僕の顔色を窺いながら、イルゼはおずおずと尋ねる。

「んー……イルゼさんって、実はかなりの実力者ですよね？」

「っ⁉」

僕の言葉に、イルゼは息を呑んだ。

この世界の元である『醜いオークの逆襲』の戦闘パートはタワーディフェンス系となっており、戦闘は全てヒロインといくつかの兵科で構成されるモブ兵士のユニットが行う。

ルートヴィヒ？　チェスのキングのように、最後尾から一歩も動きませんが何か？

その中で彼女は、ヒロイン中一位の素早さを活かした移動距離と複数回の連続攻撃を得意とし、斥候の役割を担っている。

もちろん、彼女が例に挙げた騎士団長なんかよりも遥かに強い。

どうしてイルゼがそんなに強いのかって？　それは、彼女の実家であるヒルデブラント家が帝国に代々仕える、暗殺術や隠密行動に長けた影の一族なのだ。

「お願いします！　僕……本気で変わりたいんです！」

「で、殿下!?」

「……ひょっとしたら聞き及んでいるかもしれませんが、僕は隣国の姫君に辛辣な言葉を投げかけられ、多くの国からも袖にされ、皇太子なのに誰とも婚約すらできませんでした」

「…………………………」

「だから……だから僕は、ソフィア王女をはじめとした多くの連中を見返してやりたいんです！もちろん、劇的に変われるなんて思っていません！　でも、せめて人並み……いえ、人に嫌われない程度の醜さくらいにはなりたいんです！」

戸惑う彼女に、僕は椅子から転げ落ちて土下座をする。

とても皇太子がメイドにするようなことじゃないけど、僕の本気を知ってもらうにはこれくらい誠意を見せないと。

額を床にこすりつける中、沈黙が続く。

そして。

「……かしこまりました」

「っ！　じゃ、じゃあ……」

「このイルゼ＝ヒルデブラント、何としても殿下の期待に応えてみせます」

そう言って、イルゼは優雅にカーテシーをした。

だけど……ちょっと目が怖いんだけど……。

気のせい、だよね……？

いよいよ、僕がこの〝醜いオーク〟から脱却するための闘いが始まる。

その道のりは、どこまでも果てしなく、どこまでも苦難が続いていることだろう。いや、それはそうだよね。

だって僕、この身体だし。

腕立て伏せも、腹筋も、スクワットも、一回たりともできないブヨブヨしたこの身体。何度鏡を見ても、オークにしか見えない。

あはは、本当に〝醜いオーク〟だなんて、抜群のネーミングセンスだね。チクショウ。

といっても、そのネーミングを考えたのは、ゲームを開発した同人サークルだけど。

こんなことなら、前世でサークルのウェブサイトにクレームを入れておくべきだったよ。

「それにしても、遅いなあ……」

僕はポケットから懐中時計を取り出し、周囲を見回す。

イルゼから受けた指示は、十三時に皇宮の中庭に来ること。

こんなところで、どうやって痩せるための訓練をするのか甚だ疑問だけど、イルゼを師匠と仰いだ以上、受け入れるしかない。

僕が手持ち無沙汰になり、心を無にして蟻の巣穴を見つめていると。

「ルートヴィヒ殿下、お待たせいたしました」

普段どおりのメイド服を着たイルゼが、深々とお辞儀をする。

本音を言うと、僕の特訓をするのが嫌になってフェードアウトしたのかとも思ったけど、ちゃんと来てくれて本当によかった。

「イルゼさん！　来てくれて、本当にありがとうございます！」

僕は師匠となる彼女に、その場で深々と土下座した。

もちろん敬意を払うためというのもあるけど、それ以上にイルゼの機嫌を損ねるわけにはいかない。だって、彼女にとっての僕は、自分を肉奴隷にするいわば敵なのだから。

そう……一歩間違えれば彼女に殺される運命だってあるわけで、僕はそんな未来を全力で回避しなければならないのだ。

「お、おやめくださいませ！　私などに殿下のような高貴な御方が、そのような……！」

「いえ。確かに僕は皇太子かもしれませんが、今はイルゼさんの弟子です。それなら、最大限に敬意を払うのは当然のことです」

「ハア……」

非常に困った表情を浮かべるイルゼが、溜息を吐いて僕を半ば強引に立たせる。

これ以上は逆に心証を悪くしてしまうと考えた僕は、それを受け入れた。

だけど、この僕の身体を難なく立たせたイルゼ……とんでもない力だなあ。

というか、スピード重視で『醜いオークの逆襲』に登場する全ヒロイン中、決して力の強くないイルゼでもこんなことができるのだから、他のキャラはこれ以上のパワーが……うん、考えないようにしよう。

まあ、さすがにあの最弱ヒロインには無理だと思うけど。

「イルゼさん、お願いですから僕に遠慮なんてせずに、ビシビシ鍛えてください！　どんなことにも、耐え抜いてみせますから！」

などと大きく出てみるけど、正直自身はない。

それでも、それくらいの覚悟がなかったら、〝醜いオーク〟からの脱却なんて不可能だもんね。

「……改めてお伺いしますが、本当によろしいのですね？」

「もちろんです！　どうぞよろしくお願いします」

心配そうに顔を覗き込むイルゼに、僕は深々とお辞儀をした。

といっても、お腹が邪魔でこれ以上身体を曲げることはできないけど。

「……分かりました。では、これから手加減なしでルートヴィヒ殿下を鍛えます」

「！　イルゼさん、ありがとうござ……」

「イルゼではありません。これからは、私のことは教官と呼びなさい」

「きょ、教官、ですか……？」

「返事は『はい』か『イエス』しか認めません」

「は、はい！」

何かのスイッチが入ったように、イルゼの絶対零度の視線と有無を言わせない口調に、僕は思わず直立不動になって敬礼する。

「よろしい。では、訓練に入りましょう」

「は、はい！　……そ、それで、これからどのような訓練を……？」

既に教官モードのイルゼに、僕がおそるおそる尋ねると。

「ルートヴィヒ殿下。あれは何だと思いますか？」

「へ……？」

イルゼが指差したのは、皇宮の二階にあるバルコニーだった。あれが訓練に何の関係があるんだろう。思わず首を傾げてみる。

「あの場所こそが、ルートヴィヒ殿下の訓練場所になります」

「へ……？」

言っている意味が分からず、僕はもう一度呆けた声を漏らす。

いやいや、僕のこの巨体じゃ、バルコニーは訓練をするには狭すぎると思うんだけど。

「……誠に申し上げにくいのですが、ルートヴィヒ殿下の贅肉は、長い年月によって蓄えられたもので、運動や食事制限などでは絶対に減ることはありません。こうなってしまっては、贅肉を切り取るか圧縮するかして、一般的な体型に物理的に作り変えるほかありません」

「へ……？」

イルゼの言葉の意味が理解できず、僕は三度目の呆けた声を漏らした。

「そ、それってつまり……僕の身体、どう頑張っても痩せることは不可能……ってことですか？」

「そういうことになります」

特訓開始前から、まさかの敗北宣言が飛び出しちゃったよ。どうしよう。

「そ、そんな！　それじゃ困るんです！　僕は……僕は、なんとしても痩せなくちゃいけないんです！」

もはや恥も外聞……なんて最初からないけど、とにかく僕はイルゼに縋りついて懇願する。

というか、これじゃ本編開始前から破滅エンド確定じゃないか！　そんなの嫌だよ！

「ルートヴィヒ殿下、ご安心ください。私の実家であるヒルデブラント家にのみ伝わる、特別な肉体改造法がございます。それが、これから行う特訓方法なのです」

「っ！　ほ、本当……ですか……？」

「はい。全てはこのイルゼめに、お任せくださいませ」

イルゼは、優雅にカーテシーをした。

そうか……もう絶望しか残されていないと思っていたけど、イルゼがそう言うのなら、僕もそれを信じるだけ。

彼女に全てを託したのは、この僕なのだから。

「ど、どうかよろしくお願いします！　痩せるためなら……いえ、生まれ変わるためなら、なんでもしますから！」

「もちろんです。ルートヴィヒ殿下には、なんでもしていただく必要がありますので」

「へ……？」

イルゼの言葉に、僕は四度目の呆けた声を漏らす。

確かに僕、『なんでもする』って言ったけど、その不穏な台詞は何？

「ということで、ルートヴィヒ殿下には、ここから飛び降りていただきます」

「へ……？」

やはりイルゼの言葉の意味が理解できず、僕は五度目の呆けた声を漏らした。

いやいやいや、こんなところから飛び降りたら、大怪我しちゃうんですけど。

「デュ、デュフフ……イル……いえ、教官がそんな冗談を言うなんて、思いもよりませんでした」

僕は頬を引きつらせ、愛想笑いを浮かべる。

いくらなんでも、三百キロ超の巨体の僕が飛び降りなんてしたら、大惨事になっちゃうよね？

というか、僕じゃなくても駄目だと思います。

それなのに。

「？　冗談……ですか？」

人差し指を顎に当て、首を傾げるイルゼ。

チクショウ、どうやら本気だったよ。

「さあ、時間がもったいないですので、すぐに飛び降りてください」

「ちょっ⁉」

イルゼに背中をグイグイ押され、僕の足が一歩ずつバルコニーの手すりに近づいていく。

僕も必死に抵抗を試みるけど、イルゼの力が強すぎてどうすることもできない。

「ルートヴィヒ殿下、お覚悟なさいませ」

「待って待って⁉　覚悟っておかしくない⁉」

「問答無用」

「ブヒイイイイイイイイイイイイッッッ⁉」

——ズウウウウウウウウンッッッ！

有無を言わさず、イルゼにバルコニーから突き落とされ、僕は地面に叩きつけられた。

だけど。

「ブヒイイイ……って、あ、あれ？」

どうやら、無駄に分厚い贅肉の鎧(よろい)が僕を守ってくれたみたいで、致命傷どころか大して怪我を負っていない。

ま、まあ、このワガママボディなら、二階程度ならそれも……って。

「イ、イルゼ？」

「やはり、問題はなさそうですね」

いつの間にか傍にいたイルゼが、僕の身体をペタペタと触っていた。一応、怪我をしていないかどうか確認しているみたいだ。

だったら最初から突き落としたりしないでほしいと言いたいけど、やめておこう。

それより、イルゼはどうやって二階のバルコニーからここまで来たんだろう。皇宮内の階段を使って下りてきたんだとしたら、結構な距離があると思うんだけど。

「では、次です。ルートヴィヒ殿下は、この壁を登って先程のバルコニーまで来てください」

「はい？」

言っている意味が分からず、僕はイルゼに尋ねる。

いや、壁を登るってどういうこと？　階段を上がるじゃなくて？

「申し上げたとおりです。殿下には、この壁を登っていただきたいのです。そうすることで、全身の筋力を鍛えることが……」

「いやいやいやいやいやいや⁉　そんなの無理に決まってるじゃないですか！」

同じことを繰り返し言ってきたので、僕は即座に否定した。

壁を登るなんて、たとえ僕が前世の頃のように痩せていたとしても無理だから。

「ルートヴィヒ殿下。返事は『はい』か『イエス』ですよ」

「はい……」

残念ながら、僕に選択肢はないらしい。

こうなったら覚悟を決めて、この壁を登って……登って……登……いや、やっぱり無理だよ。

「ルートヴィヒ殿下、ご自分を信じてください。殿下なら、きっと成し遂げることができます」

「そ、そう？」

イルゼが言うなら、そういうことでいいのかな……って。

「いやいやいやいやいや⁉　やっぱり絶対に無理ですから！」

「返事は『はい』か『イエス』のみと言ったはずです」

「イ、イエス……」

どうやら、僕に選択肢はないらしい。

とにかく、イルゼは絶対に折れそうにない……というか、このままだと痛い目に遭いそうな予感がするので、諦めて壁に手をかける。

「よい、しょ……っと⁉」

驚くべきことに、僕は壁にしがみつくことができた。

しかも、ちゃんと両足も地面から離れている。

「おめでとうございます。その調子ですよ」

「は、はい！」

僕は嬉しくて、思わず顔を綻ばせた。

まさか腕立て伏せも、腹筋も、スクワットすらも一回もできなかった僕が、壁によじ登ることだけはできるなんて、これなんて奇跡？

「さあ、このまま少しずつバルコニーを目指しましょう。ルートヴィヒ殿下なら行けます」

「はい！」

僕はゆっくりと、少しずつ登っていく。

進む距離は一分かけて十センチも登れればいいところだけど、それでも、確かに僕は登っているんだ。

だけど。

「ブヒッ⁉」

一メートル登ったところで、僕は地面に落ちてしまった。

「大丈夫ですよ、ルートヴィヒ殿下。次は、一メートルのその先へ」

「うん！」

もう僕に、最初から諦めるなんて選択肢はなかった。

何の迷いもなく、僕は再び壁をよじ登ってイルゼの指差すバルコニーを目指す。

それから僕は、何度も壁をよじ登っては地面に落ちるということを繰り返していた。

でも、到達点は少しずつ伸びて、日が暮れても登るのをやめない。

そして。

「ルートヴィヒ殿下、おめでとうございます」

「デュ、デュフフ……ッ！　やったああああああ！」

煌々（こうこう）と輝く月明かりの下、僕はとうとうバルコニーまで登ることができたんだ。

「ルートヴィヒ殿下、いかがですか？」

「えっと、その……気持ちいいです」

　地獄のような特訓を終え、イルゼが裸になった僕の身体を優しくマッサージしてくれていた。

　だけど、身長こそ高くないけど、僕の身体は三百キロを超える巨漢。マッサージをするのも一苦労だと思う。

「そ、そのー……教官も疲れていますし、マッサージなんてしてくれなくても……」

「そういうわけにはいきません。明日の特訓に差し障ってもいけませんし、身体のケアはとても大切ですから」

「は、はあ……」

　正直に言えば、イルゼの細い指で身体をほぐしてもらうのは、気持ちよくてメッチャ至福です。

　ただし、メンタルダメージはシャレにならないですけど。

　いや、だってさあ、イルゼったらうつ伏せになる僕の背に馬乗りになって、一生懸命マッサージをしているんだ。想像してごらんよ。

　つまり、その柔らかい太ももが、身体に直接当たっていたりとか、時々イルゼの巨大なお胸様が背中に密着したりとか、喪男の僕にはご褒美を通り越して、明日死ぬんじゃないかって思ってしまう。

とにかく僕が、気持ちよさと、緊張と、ちょっとえちえちな感触に混乱していると。

「……ルートヴィヒ殿下」

「は、はい！」

「私は、殿下のお求めにより特訓はいたしておりますが、その……本当に、お慰めしなくてもよろしいのでしょうか……？」

どこか遠慮するような、そして震える声で尋ねるイルゼ。

元々、彼女は僕の父であるオットー皇帝の命により、慰み者として仕えているんだ。それが役目も果たさずに、まさか僕の特訓に付き合わされているんだから、イルゼとしても納得も理解もできない、か……。

「も、もちろんです。僕は教官に、そのようなことを求めていません。大体、そのー……そういうことは、お互い相手のことを好きになった時にするものであって、誰かに命令されてするものじゃないですから……」

こんな台詞を言うのも、所詮は前世を含めて僕が喪男で童貞だから、なんだろうなあ……。

でも、エロゲならともかく、イルゼを慰み者としてまるで物のように扱うなんて絶対にしたくないし、そんな度胸も勇気もないし、そもそも、喪男の僕なんかが彼女と両想い（りょうおも）になることなんてあり得ないし。

何より、そんな真似（まね）をしてヘイトを溜めまくって、『醜いオークの逆襲』よろしく暗殺されるなんて絶対に嫌だし。

うーん……やっぱりゲームのルートヴィヒと僕って、性格も考え方も全然違うよね。

ルートヴィヒは、婚約者候補の心無い言葉によって傷つき、異常なまでのコンプレックスを抱えて、最初に彼女……イルゼを好き放題凌辱することによって、本物の〝醜いオーク〟へと変貌を遂げる……って、プロローグで説明されていた。

確かに、婚約者候補と面会をするまでは、ただ人より太っているだけの優しい皇太子だったし、傷つけられたことに関しては同情くらいするけど、だからといって慰み者として与えられたイルゼに対し、好き放題にするのは絶対に間違っているよ。

「そ、そういうことだから、教官は気にしなくていいです！　それと、マッサージもありがとうございます！　おかげで、すごく楽になりました！」

本当は全身バッキバキのくせに、無理やり腕を回してみせる。

もう夜も遅いし、イルゼだって疲れているだろうからね。

「わ、分かりました。では、私は失礼します……」

「はい。また明日も、よろしくお願いします」

僕はベッドの上で正座し、深々とお辞儀をした。

とにかく、ヒロインに対しては失礼のないようにしないとね……って。

「え、ええと……教官？」

「その……今は特訓の時間ではありませんので、イルゼとお呼びください」

少し戸惑った様子のイルゼが、上目遣いでそう告げる。

確かに、いつまでも特訓だと考えていたら、彼女も息が詰まるかー。

「分かりました、では、イルゼさんと……」

「い、いえ！　そうではなく、ただイルゼと呼び捨てにしていただけるでしょうか。それと、敬語もおやめくださいませ」

「よ、呼び捨て、ですか……？」

イルゼがゆっくりと頷く。

いや、まあ……僕は皇太子でイルゼは使用人。なら、主人である僕がへりくだったら、逆に失礼か。喪男の僕にはハードルが高いけど、頑張るしかないかー……。

「だ、だったら、その……イルゼ」

「！　は、はい！」

呼び捨てにしただけなのに、イルゼが藍色の瞳を輝かせ、いつもはクールな表情を綻ばせた。

うわあ……やっぱりイルゼって、すごく綺麗だよね。

『醜いオークの逆襲』のメインヒロインだから、それも当然ではあるのだけど、それでも、僕は彼女に見惚れてしまう。

「それでは、明日もよろしくお願いします」

「こちらこそ、どうぞよろしくお願いします」

イルゼは深々とお辞儀をし、部屋を出て行った。

「教官、どうですか？」

二階のバルコニーから飛び降りては壁をよじ登るというトレーニングを始めてから、ちょうど半年。

僕は、イルゼに得意満面に尋ねた。

つい一か月前までは、よじ登るだけで夜になってたけど、コツをつかんだ……というか、急に身体が思いどおりに動くようになって、今では一時間もあれば登れるようになったのだ。

だけど、その理由は簡単だ。

「ルートヴィヒ殿下も、大分身体が絞れてきましたね」

「はい！」

そう……まさに〝醜いオーク〟だった僕の身体は、特訓の成果で身体の横のサイズが半分程度になったのだ。

特にウエストなんて、これまで着ていたパンツに僕が二人も入れるほどに。

それなのに。

「ところで……僕の体重だけ、一向に減らないんですが……」

「仕方ありません。今行っている特訓は、あくまでも殿下の贅肉を地面に叩きつけることによって圧縮するためのものです。質量はそのままなのですから、体重が減らないのも当然です」

「ええー……」

当たり前とばかりに告げるイルゼに、僕は変な声を漏らした。

ま、まあ、元々は〝醜いオーク〟の見た目を改善するために始めた特訓だから、それはそれで問題ない……のかなあ？

「それより、ルートヴィヒ殿下もこれで特訓の意味を理解していただけたと思いますので、さらに贅肉を圧縮するためにも、今日から三階のバルコニーで特訓を行うことにしましょう」

「デュ、デュフフ……」

僕は乾いた笑みを浮かべ、三階のバルコニーを目指して壁をよじ登る。

「殿下、頑張ってください」

「ブヒイイイイイイイイイイイイッッッ！」

なお、その隣でイルゼが表情一つ変えずに、物理法則を完全無視して壁を歩いていた。

これも、メインヒロインであるイルゼならではの特殊能力なんだと、そう思うことにしたんだけど、『醜いオークの逆襲』にそんな能力は存在しない。どうなっているんだよ。

「ブヒー……ね、ねえ教官」

「いかがなさいましたか？」

「ブヒにも、あなたみたいに壁を歩いたりすることはできますか？」

イルゼが羨ましくて、僕はそんなことを質問してみる。

だけど、『ブヒにも』ってなんだよ。言い間違いにもほどがあるだろ。

「残念ながら、ルートヴィヒ殿下には適正がありませんので難しいかと」

「適正、ですか……？」

「はい」

壁をよじ登る僕に、イルゼは詳しく説明してくれた。

彼女の『壁歩き』の能力は、ヒルデブラント家に代々伝わる秘術の一つらしく、これができるようになって初めて一人前になるらしい。

ただ、そのためには持って生まれた才能と、過酷な訓練が必要とのこと。少なくとも、特訓を開始してまだ四か月の僕には無理みたいだ。

「ルートヴィヒ殿下には『壁歩き』などよりも、もっと素晴らしい才能をお持ちですので、ご心配いりません」

「は、はあ……」

才能があるって言われても、いまいちピンとこない。

ルートヴィヒはゲームでも一切動かないユニットだから、仮に才能があったとしても発揮できる要素皆無だし。何なら、前世ではなんの取り柄もないただの喪男だったし。

「とにかく、少なくとも三か月後には、次の段階に進めるようにいたしましょう」

「つ、次があるんですね……」

おそらく、この特訓よりも過酷なんだろうなあ、と予感しつつ、僕はイルゼに三階のバルコニーから容赦なく突き落とされた。

「さささ、寒いいい……っ」

季節は冬になり、あと一週間もすれば新年を迎えるというのに、僕は今、パンツ一丁でプールの前に立っております。

なお、これまでの特訓の成果もあり、僕の身体は見違えるほどに痩せた。もう、僕のことを〝醜いオーク〟なんて呼ばせないよ。

まあ、痩せたといっても見た目的には痩せているほうの相撲取りくらいだし、体重は相変わらず三百キロもあるけど。というか、特訓前の僕はどれだけ太っていたんだよって話なんだけど。

「そ、それで、今度はどんな特訓をするんですか？」

「特訓開始当初に行っていた、馬から逃れる訓練をプールの中で行おうというものです」

寒空の中、イルゼが眉一つ動かさずに告げる。

だけど、あの訓練をプールの中で行うということは、馬に水浴びさせるってことかな。プールの意味なくない？

「ただし」

「へ……？」

「ルートヴィヒ殿下を追いかけるのは、馬ではなくてケルピーですが」

ああ、なるほど。

馬は馬でもケルピーね……って。

「ちょっと待って!?　ケルピーっていったら、あの海獣ケルピーだよね!?」

そう……海獣ケルピーは、『醜いオークの逆襲』に登場する魔物だ。

一応、ゲーム序盤のサブイベントに登場する雑魚ユニットではあるものの、それはあくまでもヒロインが戦うから雑魚なのであって、戦闘力皆無のルートヴィヒが戦ったら、普通に倒されてしまう。

何より、ゲームでは戦闘に敗北した場合、ヒロインがケルピーに凌辱されるというイベントが待っているのだ。

いやあ、僕も全てのヒロインのイベントシーンを回収するために、何度も繰り返してわざと負けたのは記憶に新しい……って、そうじゃなくて!?

「ご心配には及びません、ルートヴィヒ殿下が、無事逃げおおせたらよいかと」

「簡単に言わないでよ!?　僕、泳げないんだよ!?」

元々、三百キロの巨漢だったから水泳の経験なんてないし、前世ではカナヅチだったんだ。このままでは、溺死（できし）するかケルピーに犯される未来しかない。

「大丈夫です。プールの水は、殿下がかろうじて顔を出すことができる深さですから」

「『かろうじて』ってワードが気になるところだけど、それなら……」

とにかく、プールの中を走って逃げさえすれば何とかなるかも。

そう考えた僕が、馬鹿だったんだ。

「ブヒイイイイイイイイイイイイイイッッッ!?」

「早く逃げませんと、ルートヴィヒ殿下の貞操が奪われてしまいますよ?」

ケルピーから全力で逃げるも、向こうは水の魔物。水の抵抗で思うように走れない僕が、捕まってしまうのは時間の問題だ。

僕の脳裏には、無残に初めてを奪われる姿が浮かんでいるよ。

「殿下。普通に真っ直ぐ逃げていては、捕まってしまいます。上手(うま)く躱(かわ)す方法を考えるのです」

「そ、そんなこと言ったってええええええええッッッ!?」

躱すも何も、水の中じゃ素早く動けないよ!?

そう、思っていたんだけど。

『ブルルルルルルルルルルッッッ!』

「っ!」

巨体を持ち上げて襲いかかってくるケルピーを、僕は右足に重心移動して躱す。

そもそも、僕の身体は三百キロあるから、身体を少し傾けるだけで重力によって素早く動くことができた。

「その調子です。これが完璧にできるまで、繰り返し逃げましょう」

「や、やってみます!」

僕はケルピーの動きに合わせ、右に左に避(よ)け続ける。

幸いなことに、ケルピーの攻撃は一直線に突進してくるだけの単純なものだった。冷静になれば、僕でも対処可能だ。

一度だけケルピーの攻撃が身体をかすめ、ヒヤリとする場面があったけど、それ以外は無事躱し続けることができた。

そして。

「ルートヴィヒ殿下、お疲れ様でした」

イルゼがケルピーの脳天にダガーナイフを突き刺して仕留めたところで、特訓終了となった。

ケルピーは憐(あわ)れにもその死体を水面に曝(さら)し、プールの水を赤く染めている。

それにしても、やっぱりイルゼは強いね。僕があれだけ逃げ回っていたケルピーを、一瞬で倒すんだから。

まあ、ヒロイン達のイベントシーンの回収では、わざと敗北するためにかなり苦労したからね。それも当然か。

「ルートヴィヒ殿下、どうぞおつかまりください」

「あ、ありがとうございます」

差し出すイルゼの白くて細い手を取り、プールから上がると。

――パサ。

「「あ」」

なんと、パンツの紐が切れ、僕のオークが露(あら)わになってしまった……って。

「あああああああああああああああ⁉」

僕は慌てて両手でご立派なオークを隠し、その場でしゃがみ込む。

ひょ、ひょっとして、イルゼに見られてしまっただろうか……。

僕がおずおずとイルゼの様子を窺うと。

「はうはうはうはうはうはうはうはう」

イルゼは両手で真っ赤になった顔を覆い、まるで呪文のように『はうはう』と呟き続ける。

おかげさまで、僕のオークは無事お披露目できたよ。どうしよう。

「やはり、ルートヴィヒ殿下にその戦闘スタイルは向いておられないかと」

新年を迎え、皇宮……いや、帝都全体が雪で覆われている中、必死に剣を振るう僕を、イルゼが辛辣に否定した。

「すみません教官。こればかりは、僕も譲るわけにはまいりません」

いつもは『はい』か『イエス』しか認められていないのに、僕ははっきりと拒否を示す。

だって、僕には僕の譲れない矜持(きょうじ)というものがあるから。

「何故でしょうか？　少なくとも私が見る限り、剣と盾を主体としたスタイルのほうが、間違いなく強くなれると思うのですが」

「それでも、僕にはこれしかないんです。たとえ、他の選択肢があるのだとしても」

そう……僕はいつだって、このスタイルで道を切り開いてきたんだ。

薬草やキノコの採集をする時も、ハチミツばかり狙う熊に出くわした時も、果ては口から光線を放つ恐竜みたいなモンスターを相手にした時だって。

もちろん、イルゼが言うような剣と盾で戦うスタイルもあったし、それ以外にも弓やハンマーなんて武器もあったけど、それでも僕は、たとえ自分には向いていなくてクエストを何度失敗しても、この双剣スタイルを貫いたのだから。

何故そんなに頑なのかって？　だって、ネットの配信でRTA動画を見て、僕は心を奪われてしまったんだよ。というか、武器の中で双剣が一番かっこよくない？

「そういうことなので、僕はこのスタイルで最強を目指します」

「皇太子なのですから、最強を目指す必要はないと思いますし、何なら当初の目的から変わってしまっているようにも思いますが」

冷静にツッコミを入れるイルゼを、僕はジト目で睨んだ。

だけど、ルートヴィヒには無数の破滅フラグが待っているのだから、最強は言いすぎだけど、生き残るためにも最低限の戦闘技術は学んでおく必要があるよね。

「とりあえず、殿下の双剣にかける並々ならぬ思いは理解できませんが、このイルゼ、承知いたしました。それなりに戦えるように、お教えいたします。ただし」

僕を見つめるイルゼの藍色の瞳が、鋭くなる。

「今の特訓の三倍の厳しさは、お覚悟くださいませ」

「ヒイイ⁉」

恭しくお辞儀をし、口の端を吊り上げるイルゼを見て、僕は思わず悲鳴を上げた。

それから、イルゼによる過酷な特訓はピークを迎え、朝は五階のバルコニーからのダイブ、午後は雪に覆われたプールの中で凍え死にそうになりながら三体のケルピーからパンツと貞操を死守し、夜にはイルゼに『才能がない』となじられ涙で頬を濡らして双剣の訓練の日々を繰り返す。

そして。

「教官……僕、やりました……っ！」

「さすがです、ルートヴィヒ殿下」

瘦せようと一念発起して、およそ一年。

水面には、瘦せて見違えた僕の姿が映っていた。

たった一年しか経っていないというのに、ここまでものすごく長く感じたなあ。

というか、毎日の特訓が過酷すぎて、逃げ出すことばかり考えていたせいだけど。

それでも、『明日頑張ったらやめよう』と呪文のように呟いて、毎日を積み重ねてきたからこの姿があるんだ。

「……教官としての役目は、これで終わりですね」

イルゼが、少し寂しそうに告げる。

だけど、その藍色の瞳には覚悟めいたものが窺えた。

「あはは、まさか。僕はまだ痩せただけだよ？　せっかく教えてもらった双剣スタイルは、君も知っているように全然駄目なんだ。だから……これからもご指導をよろしくお願いします、教官」

教官を辞したイルゼに、僕は約束どおりくだけた口調で会話するけど、最後には深々とお辞儀をする。

そうとも。この一年間で、僕にとってイルゼという女性が、とても大切な存在になったんだ。

最初は、イルゼルートから逃れるために距離を置くことも考えていたけど、今では彼女なしの生活なんて考えられないよ。

だって、イルゼがいなかったら、一体誰が〝醜いオーク〟の面倒を見てくれるっていうんだい？

「その……よろしいのですか？」

イルゼが、遠慮がちにおずおずと尋ねる。

でも、瞳に先程まで湛(たた)えていた覚悟が、安堵と希望に塗り替えられていた。

そうとも。破滅フラグを回避することを決意して、この一年必死に頑張ったおかげで、少なくとも僕は、この痩せた身体を手に入れ、メインヒロインの一人との関係を変えることができたじゃないか。

「もちろん。ただ、さすがに一年も教官と生徒という関係だったから、せめてもう少し、心を許してほしいかな」

「……と、いいますと？」

「僕のことは、ルートヴィヒ殿下なんて堅苦しい呼び方じゃなくて、〝ルイ〟って呼んでくれると嬉しいな」

正直に言うと、前世の名前が二階堂塁(にかいどうるい)だったから、ルートヴィヒと呼ばれるより馴染(なじ)みがあるんだよね。

それに、こうやって特別感を出したほうが親近感も湧いて、万が一イルゼルートに入ったとしても、最悪のケースを回避できるかもだし。

とまあ、そんな打算的なことを考えてみる。僕も必死なのだよ。

「その……ど、どうかな……？」

僕は特訓の末、生まれ変わったこの愛くるしい顔で、最大限媚(こ)びてみる。

「……かしこまりました。これからは、ルイ様とお呼びいたします」

「！　う、うん！　ありがとう！」

よかった。イルゼは、受け入れてくれたみたいだ。

これでイルゼルートを防ぎつつ、他のヒロインが現れた時は、彼女に防波堤になってもらおう。

とにかく、メインヒロインの一人を味方にできたのは大きいぞ。

「イルゼ、これからもよろしくね！」

「こちらこそ、どうぞよろしくお願いいたします」

僕が右手を差し出すと、イルゼはカーテシーで応えた。おかげで、この手の行き場に困ってしまったよ。

やはり、一筋縄ではいかないかあ……。

「そ、それじゃ、そろそろ中に入ろうか」

「はい」

いたたまれなくなった僕は、誤魔化（ごまか）すために話題を変えて踵（きびす）を返す。

「……本当に、おかしな御方です」

「？　何か言った？」

「いえ」

うーん……ま、いいか。

僕は首を傾げつつも、イルゼを伴って皇宮の中に入った。

「「「「…………………」」」」
皇室主催の晩餐会の場で、多くの貴族や子息令嬢達が遠巻きに僕を眺めてる……。
元々、僕はソフィアが流した誹謗中傷のせいで嫌われ者な上に、あの醜いオークの姿から細身ながらも引き締まった体格に変わり、亡き母の面影を残す端整な顔立ちに変貌したから、信じられないんだろうなあ。

母親の顔、知らんけど。

まあ、僕は真性（僕のオークは真性じゃないけど）の喪男だし、こういった席では主役よりも壁役のほうが相応しいので、できる限り貴族達の視界に入らないよう、目立たない場所へと退避する。

「ルイ様……今日はあなた様のための壮行会なのに、その……よろしいのですか？」

「も、もちろんだよ」

不服そうな表情で尋ねるのは、僕の教官であるイルゼ。

彼女はいつものメイド服ではなく、今日ばかりは晩餐会のためにあつらえた赤を基調としたドレスに身を包んでいる。

もちろん、教官の彼女に恥をかかせるわけにはいかないので、身に着けている装飾品も含め全部僕がプレゼントしたものだ。

まあ、それくらい僕はイルゼのことを尊敬し、信頼しているという証だ。

だけど、お願いだから遠巻きに見ている貴族達に、誰彼構わず殺気を放つのはやめてください。せっかく嫌われないようにしようと思っているのに、これじゃ逆効果になってしまいます。

「ハハハ、本当に見違えたなルートヴィヒよ」

「父上……ありがとうございます」

両側に女性を侍らせ、嬉しそうに笑うオットー皇帝。

僕のことを気遣ってくれるのはいいけど、いい加減（かげん）女癖の悪さは直したほうがいいと思う。正直だらしないです。

「これから三年間、寂しくなるが……お前が入学する帝立学院には、この国の子息令嬢だけでなく、他国からも王族や貴族が留学してくる」

「はい」

「よいか。学院では皇太子ルートヴィヒ＝フォン＝バルドベルクの名を知らしめろ。そして、全てをお主の前にひれ伏させるのだ」

「デュ、デュフフ……」

皇帝の言葉に、僕は乾いた笑みをこぼす。

そんな敵を作るような真似、僕がするわけないじゃないか。

僕は帝立学院の三年間、ひたすら壁になるつもりなんだから。

「イルゼ＝ヒルデブラント。貴様も、ルートヴィヒをしっかりと支えるのだぞ？　昼夜問わず、な」

「……かしこまりました」

イルゼは無表情のまま、恭しく一礼した。

だけど、額に僅かに青筋が浮かんでいるところを見ると、オットー皇帝の言葉に怒りを覚えているみたいだ。そりゃそうか。

いくら見た目がオークじゃなくなったからって、皇帝の言っている意味は『肉奴隷として尽くせ』だからなあ……。

「では、頑張るのだぞ」

オットー皇帝は僕の肩をポン、と叩くと、女性達とともに会場を後にした。

「ハア……イルゼ、ごめんね。うちの皇帝陛下が……」

「全くです。そもそも、私がルイ様に尽くすことなど、当たり前のことですのに」

フン、と鼻を鳴らして眉根を寄せるイルゼ。

いや、皇帝はそういう意味で言ったんじゃないから。

「それより……来週から、帝立学院でもよろしくね」

「はい。ルイ様の同級生として、メイドとして、しっかりお仕えいたします」

「デュ、デュフフー……」

メイドとして仕えるのはともかく、同級生というのは無理があるよなー……。

大体、僕は十五歳でイルゼは十八歳なんだし。

少し不安を覚えつつも、僕は意気込むイルゼを見てクスリ、と笑った。

「んー……こんなもんかな」
鏡に映る自分の制服姿を見て、満足げに頷く。いや、一年前の僕からは想像できないよ。
あの頃は、みんなが言うように完全にオークにしか見えなかったし。

EP OUT
KEEP OU

ウエストだって、今では完全に標準サイズだよ。

「デュフフ……そりゃ、ソフィアもオークみたいな醜いバケモノとなんて、婚約したくないよなあ……」

酷いことを言われたとはいえ、危うく婚約させられる羽目になった彼女の立場からしたら、そう言いたくなる気持ちも分からないわけじゃない。

とはいえ、だからといって許せる話でもないし、何より、帝国の皇太子と王国の王女の婚約というのは、国同士の契約と同じ。

それなのに、容姿だけを挙げててあんな態度を見せた挙句、他国にまで誹謗中傷を吹聴したのだから、二国間の友好関係を台無しにしてしまったことは間違いない。

おかげでうちの皇帝、ベルガ王国に対してメッチャ圧力をかけて痛い目に遭わせている上、いずれ滅ぼすって息巻いているし……って。

「そういえば、帝立学院には各国の王侯貴族も留学に来るって話だけど……まさか、ソフィアは来たりしないよね……？」

さすがにあんな真似をしておいて、シレッと留学してくるなんて厚顔無恥なことではきないか。

あーあ、せめてもう少し上手く断れば、西方諸国で最も権威のある帝立学院に留学できたのにね。可哀想……とは思わないな。

そんなことを考えていると。

——コン、コン。

「ルイ様、支度が整いました」

「ああ、うん……っ」

イルゼの制服姿に、僕は思わず息を止める。

いやいや、やっぱりヒロインの一人だけあって、その……メチャクチャ綺麗だ。

それに、帝立学院に僕と一緒に通うために年齢のサバを読んでいるせいか、窮屈そうな胸といい、まるで制服コスプレしているみたいなんだけど……最高か？　最高だな。

「？　ルイ様？」

「ブヒッ⁉　あ、ああいや、何でもないよ」

「そうですか……てっきり私に見惚れておられたのかと思ったのですが……」

そう言って、イルゼがシュン、と落ち込んでしまった……。

「あ、あああああ、も、もちろん、その……すごく似合っております……」

うう……この一年で打ち解けて、敬語も使わずに話せるようになったからって、そう簡単に気の利いた言葉を言えるわけじゃないんだよ。こっちは筋金入りの喪男だぞ、喪男。

「ふふ……今は﹅それでもいいです」

クスクスと微笑みながら、イルゼが急に詰め寄ってきた。

そ、その―……近いんですけど……。

「はい、これで大丈夫です」

「あ、ありがとう……」

ネクタイを直し、離れるイルゼ。

僕はホッとしつつも、彼女の残り香に名残惜しさを感じた。

「ルイ様、本日の新入生代表のスピーチについては、いかがですか？」

帝立学院へと向かう馬車の中、イルゼがおずおずと尋ねる。

「もちろん、バッチリだよ……と、言いたいところなんだけどね――……」

そう……挨拶文そのものはこれで完璧だと思うんだけど、肝心の僕自身が駄目だ。

何せ、前世を含めてこんな大勢の前で目立つようなことなんてした経験がないから、緊張しかない。

おかげで昨夜は一睡もできなかったよ……。

「ルイ様ならご心配いりません。むしろルイ様をおいて、挨拶をするに相応しい者など世界に一人もおりません」

「そ、そう？」

「はい」

全力で持ち上げてくれるイルゼに気を良くするも、自信だけは一向に湧いてこない。

だけど、彼女がこんなにも僕のことを信じてくれるんだから、精一杯やるしかないよね。

それに、僕がバッドエンドを回避するためには、少しでも好感度を上げる必要もあるし、入学式でのスピーチが重要になってくるから。

「イルゼ……僕、頑張るよ」

「その意気です、ルイ様」

小さく握り拳を作って励ますイルゼ。

この一年ずっと支えてくれた彼女に、僕は心から感謝を……って。

「うあー……すごい渋滞なんだけど……」

窓の外を覗くと、帝立学院の校門から新入生を乗せた馬車が長蛇の列を作っていた。

そんな光景を尻目に、僕とイルゼを乗せた馬車はその横を進んでいく。いわゆる皇太子特権というやつだ。

長時間待たされている他の新入生達には悪いと思いつつも、逆に渋滞の後ろに並んだらそれこそ気を遣わせることになるし、何より皇太子として舐められるわけにはいかない。

……まあ、現在進行形で、散々馬鹿にされているのだけれど。

「ルイ様、到着いたしました」

「うん」

馬車は学院の校門で停車し、僕はイルゼを制止して先に降りる。

もちろん、彼女をエスコートするためだ。

「どうぞ、イルゼ」

「……ルイ様、これでは他の者に示しがつかないと思うのですが」

「いいんだよ。どうせ僕は〝醜いオーク〟なんだ。馬鹿にされるのには慣れているよ」

右手を差し出しておどけてみせると、イルゼは眉根を寄せて溜息を吐き僕の手を取り、ゆっくりと降りた。

そ、その……彼女の顔が少し赤いのは、怒っているから……じゃないよね？

すると。

「「「「…………………」」」」

おおう……メッチャ見られてる。

まあ、皇太子で〝醜いオーク〟の僕がイルゼみたいな綺麗な女子をエスコートなんてしたら、それこそ『オークのくせに何を勘違いしているんだ？』と思われて当然だよね……って⁉

「………………」

「イ、イルゼ、早く入学式の会場に行こう！」

そんな他の生徒達に無言で殺気を放っているイルゼの手を引き、僕達は慌ててその場から足早に立ち去った。

お願いだから、敵を作るようなことはしないでください。

だけど、不幸には不幸が重なるもので。

――ドン。

「ブヒッ⁉」

「キャッ⁉」

あろうことか、僕は女子生徒にぶつかり、思いきり倒してしまった。

「だ、大丈夫ですか⁉」

地面に倒れ込む女子生徒に、慌てて声をかける……っ⁉

「え、ええ……大丈夫ですわ……っ⁉」

お互いに顔を見合わせた瞬間、息が止まる。

この僕が、彼女を見間違うはずがない。

ツインテールにまとめたプラチナブロンドの髪、大きなガーネット色の瞳、ぷっくりとした柔らかそうな唇。

間違いない。

目の前の女の子は、あのベルガ王国の第一王女、ソフィアだ。

というか、どうしてソフィアがここに⁉

普通に考えて、うちの帝立学院に留学してくるなんてあり得ないだろ⁉

い、いや、それ以上に、どうして帝国も皇太子にトラウマ植え付けたような者の留学をすんなり受け入れているんだよ！

オットー皇帝がこのことを知ったら、間違いなく戦争不可避だぞ！

「そ、その……手を、お借りしても……？」

「え……？　あ、ああ……はい……」

僕の顔を覗き込みながらおずおずと尋ねる彼女に、我に返った僕は右手を差し出した。

「ありがとうございます……」

「い、いえ……」

僕を熱を帯びた瞳で見つめたかと思うと、恥ずかしそうにしながらうつむいてしまった。

二年前の面会の時と比べ、反応が雲泥の差なんだけど……って⁉

「ご、ごめん！　僕達急いでいるから、これで失礼します！」

「え⁉　あ、あの……！」

呼び止めようとしていたソフィアを振り切り、僕はイルゼの手を引いて逃げ出した。

というより。

「イ、イルゼ、落ち着いて！」

「ですが！」

とっさに建物の陰に隠れたものの、それでも殺気をみなぎらせて飛び出そうとするイルゼ。

どうやら彼女も、あの女子生徒がソフィアだということに気づいたみたいだ。

「デュ、デュフフ……大丈夫だよ。ソフィア王女は、僕がルートヴィヒだって気づいてないみたいだし。それって、僕が変われた証拠なんだ……ぼ、僕が、もう〝醜いオーク〟なんかじゃ、ない……って……っ」

どういうわけか、僕が直接あの言葉を言われたわけじゃないのに、それでも、前世の僕の人格じゃない、その前のルートヴィヒの記憶が……悲しみと苦しみの感情が、伝わって、きて……っ。

　ぽろぽろと溢れ出す涙をどれだけ拭っても、全然止まらなくて、それどころか、せっかく今日のために用意した制服が、涙でびしょびしょになって……っ!?

「イ、イルゼ……？」

「ルイ様……どうか、我慢なさらないでください。全てを吐き出して、このイルゼにぶつけてください」

「イルゼ……イルゼ……うあああああ……っ」

　僕はイルゼの胸に顔を埋め、思いきり泣いた。

　前世の人格と記憶を取り戻す前のルートヴィヒと、今の僕。

　そんな二人分の僕を、イルゼは優しく抱きしめてくれた。

「イ、イルゼ……もう、大丈夫だよ……」

　ようやく泣き止んだ僕は、もぞもぞと動きながら彼女の顔を覗き込む。

　あ……イルゼ、泣いている……。

「デュ、デュフフ……僕なんかのために、君が泣くことなんてないのに……」

「……泣いておりません」

「わぷっ!?」

苦笑しながら指摘すると、イルゼがプイ、と顔を逸らし、さらに抱きしめる力を強くしてしまい、僕は彼女の豊かな谷間に顔をより埋める格好になってしまった。

く、苦しい……けど、このまま窒息して昇天するのも悪くない……って。

「ぷはっ⁉　イルゼ、苦しい！」

「あ、も、申し訳ありません！」

我に返った僕が何とか顔を脱出させると、イルゼは慌てて手を外し、平伏してしまった。

「だ、大丈夫だから、顔を上げて⁉」

「い、いえ！　私は従者であるにもかかわらず、ルイ様に危害を加えるような真似を……！」

「お願いだよ！　そ、それに、君は僕を慰めるためにしてくれただけじゃないか……僕が、どれだけ嬉しかったか分かるかい？」

「そ、それは……」

「だから、ね？　お願いだから、そんなことをしないでほしい。僕は、君に救われたんだ……君が、僕の心を救ってくれたんだから」

「ル、ルイ様……」

僕はなおも平伏したままのイルゼの身体を抱き起こし、精一杯の笑顔を向ける。

優しく抱きしめてくれた、彼女への感謝の証として。

君に救われたんだっていう、その証として。

「さて……そろそろ入学式が始まってしまうよ。急ごう」

「あ……」

僕はイルゼの手を取り、会場となる講堂へ向けて走り出す。

イルゼもまた、そんな僕の手をギュ、と握り返してくれた。

「……余からの言葉は以上だ。皆の者、励むように」

挨拶が終わり、オットー皇帝が護衛の騎士団長を従えて壇上から下りて立ち去る。

それにより、緊張が走っていた会場の空気は、ようやく和らいだ。

「続いて、在校生の祝辞。エレオノーラ＝トゥ＝シュヴァルツェンベルク」

「はい」

司会に促されて壇上に立ったのは、帝国最大の勢力を誇る貴族であるシュヴァルツェンベルク公爵家の令嬢、エレオノーラ。

もちろん、『醜いオークの逆襲』の攻略ヒロインの一人だ。

なお、ちゃんと彼女を攻略しておかないと、ストーリーの中盤で帝国内にクーデターが発生し、ルートヴィヒが処刑される『反乱エンド』を迎えてしまう。

……既に気づいていると思うけど、攻略方法はもちろん肉奴隷にすることなんだよなあ……うん、どうしよう。

「……それでは皆様とともに学べることを、楽しみにしております」

生徒達の盛大な拍手を受けながら、壇上から下りるエレオノーラ。

というか、彼女の攻略のことばかり考えていたせいで、この後の自分のスピーチへの心構えが全くできていなかった……。

「ルイ様、頑張ってください」

「う、うん……」

イルゼに見送られ、僕は新入生をかき分けて登壇する。

だ、大丈夫、スピーチの原稿は完璧だし、それをただ音読するだけでいいんだ。

それに、ここにいるのは全部ジャガイモ……って、そんなわけないし。

というか、みんなメッチャ見ているし、しかも、ほとんどの生徒は敵意剥き出しだし。

親子揃(そろ)ってこんなに嫌われている皇族って、珍しいだろうなあ。

そして。

「……っ⁉」

驚きの表情を見せる、ソフィアが視界に入った。

デュフフ、まさかさっきぶつかった相手が、自分が婚約を拒否した〝醜いオーク〟だったなんて、夢にも思わなかっただろうな。

そんな視線を一身に浴び、逆に冷静になった僕は、今日のために用意したスピーチをしたためた羊皮紙を広げると。

「コホン……皆さん、はじめまして。〝醜いオーク〟の、ルートヴィヒです」

「「「「っ⁉」」」」

　そう切り出した瞬間、この講堂内が凍りついた。

　デュフフー、まさか僕がそんな自己紹介をするとは思わなかっただろうね。

「さて……おそらくここにいる生徒の皆さんは、僕のことが嫌いだと思います。そうですよね？」

「「「「……………………」」」」

　問いかけられたところで、答える馬鹿なんているはずがない。

　そんなことをしたら、暴君の皇帝によって実家が取り潰しの憂き目に遭うだろうから。

　周辺諸国から留学してきた者達だってそうだ。

　既に僕との縁談を断ったせいで外交関係に亀裂が生じているのに、これ以上揉め事を起こしたくはないだろうしね。

　特に、一方的に婚約を拒否したベルガ王国は、多額の賠償金を帝国に支払う羽目になったのだから。

「でも……それは、仕方のないことだと思っています。だってそうでしょう？　ここにいる皆さんは、誰一人として本当の僕の姿を知らないのですから」

　そう……直接面会したソフィアはともかく、婚約の申し出を断った周辺諸国の貴族は彼女の噂だけで僕の姿すら見たこともない。

帝国内の貴族達にしたってそうだ。

引きこもる以前は公式の場などであの醜い姿を曝していたことは間違いないけど、それでも、僕とまともに会話をした人間なんて一人もいない。

「ですので皆さんには、この学院で本当の僕を知っていただきたいと思います。その上で、本当に僕が身も心も〝醜いオーク〟なのかどうか、これからの三年間でどうぞご自身の目で、耳で判断してください」

新入生、在校生を見渡しながらそう言うと、僕はお辞儀をして壇上から下りた。

き、緊張したけど、最後までやり切ったぞ。

でも……スピーチの前と一切変化はなく、生徒達は馬鹿にしたような、蔑んだような視線を僕に向けていた。

それは、これから変えていくしかないよね。


——僕の、破滅エンド回避のために。

「ルイ様、とても素晴らしいスピーチでした」
これだけ大勢の生徒がいる中、たった一人だけ拍手をしながら美しい藍色の瞳に興奮を宿した

イルゼが、僕を迎えてくれた。

「デュ、デュフフ……全然反応はないけどね……」

「……それに関しては、ここにいる者達の耳が腐っているせいでしょう」

　おおう……いつになくイルゼの毒舌がすごい。

　そういえばゲームの中の彼女は、無口でクールだけど、たまに辛辣な言葉を吐くキャラ設定だったのを思い出した。

　それでも、ゲームでは行為中以外は一切ルートヴィヒと会話をしない彼女が、こうして僕と話をしてくれるのだから、ほんの少しであってもストーリーを改変できてよかったと思うし、それがバッドエンド回避の未来に繋(つな)がっているのなら希望が持てる。

「まあまあ。スピーチで言ったとおり、これからだよ。まずは僕を知ってもらうところから始めることにするよ」

　そんなことを言ってみたものの、男相手ならまだしも、女子だったら知ってもらう前に僕自身が逃げ出してしまいそうだけど。

「おっと、これから教室に向かうみたいだし、僕達も急ごう」

「はい」

　生徒達の後に続き、僕達も教室へと向かう。

　その時。

　――ドン。

「っ⁉」

突然肩を押され、僕がそちらへと視線を向けると。

「邪魔だ」

「いやいや、さすがにその態度はまずいでしょ」

僕が皇太子であることを意に介していないような、そんな視線を向ける屈強な身体をした男子生徒と、後頭部の後ろで手を組んでヘラヘラとしている男子生徒。

その二人の間には……あー、まさか彼女も留学生として来ていたなんてなぁ……。

「うふふ……私の騎士が、大変失礼しました。ルートヴィヒ殿下」

「……いえ」

口元を押さえてにこやかに微笑むのは、攻略対象のヒロインの一人でラティア神聖王国に本部がある『ミネルヴァ聖教会』の聖女、ナタリア＝シルベストリだ。

ゲーム内の彼女は、ベルガ王国を滅ぼした後に世界の危機を訴えて『反バルドベルク連合』を結成し、バルドベルク帝国を世界の敵と認定した張本人だったりする。

それなので、いつまでも彼女を攻略せずに放っておくと、『反バルドベルク連合』によって総攻撃を仕掛けられてしまう。

こうなると、いくら優秀なヒロインやユニットがいようとも、圧倒的な物量の前に絶対に敗北するエンドが待ち受けているのだ。まさに、『数こそ正義』だよね。

「申し遅れました。私はミネルヴァ聖教会で聖女を務めております、ナタリアと申します。そしてこちらは、聖騎士のバティスタとマルコです」

「こ、これはご丁寧に……僕は、この国の皇太子のルートヴィヒです……って、入学式でスピーチをしたんだし、ご存じですよね」

ペコリ、とお辞儀をする聖女に、僕はそう答えて苦笑した。

なお、イルゼを彼女達に紹介するつもりはない。イルゼが巻き込まれたりしたら、嫌だからね。

「それにしても……うふふ、ルートヴィヒ殿下があのような夢想家だとは思いませんでした」

「デュ、デュフフ、そうですか……」

クスクスと笑う聖女に、僕は愛想笑いを浮かべた。

もちろん、これが彼女の皮肉だということを充分に理解した上で。

「ですが、噂に聞いていたようなお姿ではありませんね」

「っ⁉」

ずい、と顔を近づけ、まじまじと見つめてくる聖女。

さ、さすがはヒロイン最強の一角を担うだけあって、その……可愛い。

白銀の髪にサファイア色の瞳。少し幼さの残る顔立ちに、白い素肌に映える淡い朱色の唇。

スタイルだってイルゼにはほんの僅かだけ劣るものの、それでも僕と同じ十五歳ということを考えれば、かなりのものだ。

……前世では、しっかりお世話になったんだよなあ。

「ルイ様、早く教室にまいりましょう」

「聖女様、お戯れはそれまでに……」

イルゼと騎士の男の一人……バティスタが、僕と聖女の間に割って入る。

表情に変化はないものの、ひょっとしてイルゼ、怒ってる？

「うふふ、残念ながら叱られてしまいましたので、これで失礼しますね」

「は、はあ……」

聖女は、二人の騎士を連れて先に行ってしまった。

「……ルイ様。まさかとは思いますが、あの聖女様に一目惚れをされたわけではありませんよね？」

「え？　ま、まさかあ、それはあり得ないよ」

鋭い視線で顔を覗き込んでくるイルゼに、僕は首を左右に振った。

確かに前世では僕のオークがお世話になったし、聖女が美少女だということは間違いないけど、いざ現実(リアル)となると、彼女に惹(ひ)かれたりすることはない。

だって聖女は、『醜いオークの逆襲』屈指の腹黒キャラだし。

帝国を世界の敵に認定して以降は、連合軍の結成だけでなく、帝国内の反乱を扇動したり物資の流通を差し止めたりと、とにかく暗躍するんだよなあ。

オマケに、攻略以降も従順度が一定以下になってしまうと、平気で裏切ったりするし。

でもそれ以上に、僕が彼女を敬遠する最大の理由がある。

それは、ナタリア＝シルベストリというヒロインは、聖女のくせにビッチだから。

聖女から性女に改めてほしいと思ったのは、決して僕だけじゃないはずだ。

喪男は、イエス純潔ノービッチなのだ。

「僕が聖女様に懸想するなんてことだけは絶対にないから、本当に安心してくれていいよ」

「そうですか……」

イルゼの細い両肩に手を置いて真剣に告げると、何故か彼女は顔を赤くしながらプイ、と顔を背けてしまった。

ひょっとして、まだ疑っているのだろうか。

「ほ、本当だよ！　僕が心を許した女性なんて、君しかいないんだからね！」

「はう⁉　わ、分かりました！　分かりましたから！」

結局そう答えるものの、イルゼは最後までこちらを向いてはくれなかった……。

「これからあなた達の担任を務めます、マチルダ＝ナウマンです」

教壇に立つ妖艶な雰囲気を醸し出す女性が、自己紹介をした。

この担任となるナウマン先生、攻略ヒロインではないけど、僕は知っている。

だって、髪形といいスタイルといい、まさにモブユニットの『鞭兵』のキャラそのものだし。

そんなことより。

うわー……このクラス、攻略ヒロインがイルゼを除いて二人もいるし……って、いやいや、なんで聖女がこっちを見て笑顔で手を振っているの？

とりあえず、クラスにあのソフィアがいないだけましだと思って諦めるしかなさそうだ。

「……ルイ様、消しますか？」

「イルゼ、すぐに暴力に訴えるのはやめようね」

聖女を睨みつけて物騒なことを言い出すイルゼをなだめつつ、僕は残るもう一人のヒロインを見やる。

聖女と並んでひときわ目立つ黄金の髪と黄金の瞳の持ち主、オフィーリア＝オブ＝ブリント。

彼女はブリント連合王国の第四王女で、ゲーム後半に登場するヒロインの一人だ。

力と攻撃力に関してはヒロイン随一で、〝狂乱の姫騎士〟の二つ名のとおりラスボスを除けば最大火力を誇る。

とはいえ、一度攻略してしまえばイルゼ並み……いや、それ以上に従順なメス犬になるけど。

それなので、ストーリー後半における戦略パートでの侵攻先の選択肢において、プレイヤーはその後の展開を楽にするために、真っ先にブリント連合王国を攻略するのが定石だ。

でも、少なくともこの世界では、僕は彼女を攻略するどころか、関わりを持つこともないだろうなあ……。

だって彼女、攻略するためには一騎討ちで倒さないといけないし。

もちろん、ゲームのルートヴィヒが一騎討ちで勝てるわけないよ？

だから、ルートヴィヒは代理を一人立てて、一騎討ちするんだよ。

その時は、大体が魔法特化型のヒロインを選択して、デバフをかけたり遠距離からちょっとずつ削ったりして倒すんだけど、あいにく今の僕にはイルゼしかいないからその戦法は使えない。

聖女は魔法特化型のヒロインであるものの、攻略する気は一切ないから数になんて入れないぞ。

まあ、ここはゲームじゃなくて現実（リアル）だから、ひょっとしたら対話でこちらの陣営に……なんて、絶対に無理だろうなあ。彼女、脳筋だし。

そういうことなので、二年に進級する際にクラス替えがあるまでは、大人しく壁の花になろう。

などと考えていると。

「……では、本日はこれで終わりです。明日からは本格的に授業が始まりますので、今日はゆっくりと休んで明日に備えてください」

そう告げると、ナウマン先生は教室を出ていった。

「さて……イルゼ、僕達も寄宿舎に向かおう」

「はい」

この帝立学院は寄宿舎制になっており、皇太子である僕も入舎しないといけない決まりだ。

とはいえ、王侯貴族のみが通う学校でもあるので、生徒は従者を一人つけることができる。

「イルゼも同じ生徒なのに、僕の従者なんかをさせてごめんね……」

「何をおっしゃいますか。ルイ様のお世話をする特権は、誰にも譲るつもりはございません」

彼女はそんな嬉しいことを言ってくれるけど、普通はこんな〝醜いオーク〟の従者になるなんて、罰ゲームもいいところだよ。

いくら取り潰し寸前のヒルデブラント子爵家を救うためとはいえ、一年以上も前からこんな僕のために尽くしてくれるイルゼには、本当に感謝しかない。

……もし僕が破滅エンドを回避して、オットー皇帝の跡を継いで次の皇帝になったあかつきには、絶対にイルゼの実家を全面支援して復興させてあげよう。

あとは、彼女のために良縁を用意してあげないとね。こんな僕に仕えたんだから、次はイケメンで優しくてお金持ちが相手のほうが絶対にいいし。

「イルゼ……僕が絶対に、君を幸せにしてみせるからね」

「っ！　そ、その……ありがとうございます……っ」

僕は決意を込めて隣を歩くイルゼにそう告げると、彼女は顔を真っ赤にし、藍色の瞳に涙を浮かべて頷いた。

そうして僕達は寄宿舎に入る、んだけど……。

「え、ええと……これは？」

「新入生を歓迎する、舞踏会の招待状です。皇太子殿下には、是非とも出席いただきたく」

そう言って恭しく一礼するのは、生徒会長であるエレオノーラの従者の男。

名前は……モブなので知らないや。

だけど、どうするかなあ。

エレオノーラといえば、帝国を転覆させようと画策するヒロインだし、この舞踏会も裏があるようにしか思えないんだけど。

「代々、皇室の方々が帝立学院に在学中は、このような行事には必ずご出席いただいております」

「あ、そ、そう」

しまった……迷っている間に、逃げ道を塞がれてしまった。

「わ、分かりました。では今夜、どうぞよろしくお願いします」

「エレオノーラ様も、お喜びになるかと存じます」

そう言い残し、エレオノーラの従者はこの場を去っていった。

さて……。

「……イルゼ、僕はダンスなんて踊ったことがないんだけど」

「ご安心ください。ダンスのお相手は全てこの私がお務めいたしますので、ルイ様はただ、私にその身をお預けください」

「そ、そう？」

「はい」

本当にイルゼは強いしメイドとしても完璧だし、ダンスだって踊れるんだからすごいよね。

「だけど、君だって他の人とその……踊りたかったりするんじゃないの？」

「いいえ。私はルイ様とご一緒するだけで充分です」

有無を言わせないとばかりにそう告げられ、せっかくの厚意を無駄にするわけにもいかないので、とりあえず頷くことにした。

まあいいか。他にもこんな機会があるだろうし、ね。

ということで、やってきました新入生を歓迎する舞踏会の会場。

僕は黒を基調としたドレスに身を包むイルゼをエスコートし、馬車から降ろしてあげる。

「それにしても……」

うん、やっぱりイルゼはヒロインだけあって、ここにいるどんな女子よりも綺麗だ。

しかも、僕より三つも年上なので、既に完璧な色香までまとっているし。

デュフフフフ……僕は〝醜いオーク〟かもしれないけど、イルゼがパートナーだなんて羨ましいだろう？

だからって、そんな憎悪と嫉妬に塗（まみ）れた視線を僕に向けないでください。分不相応なのは、僕も理解していますから。

「じゃ、じゃあ、中に入ろうか」

「はい」

イルゼの手を取り、会場内へと入ると。

「ふおおおお……」

　そのあまりのきらびやかさ……というか、歳の近い生徒達だらけのホールの様子に、僕は変な声を漏らしてしまった。

　いや、皇室主催のパーティーとかだと平均年齢がかなり上になるし、こんな若者だけのパーティーなんて、何というかそのー……場違い感が半端ない。

「ね、ねえイルゼ。やっぱり僕は来ないほうがよかったかな……」

「何をおっしゃいますか。帝国の星であるルイ様がいらっしゃらなければ、宴は始まりません」

　そう言ってくれるのは嬉しいけど、僕は星なんかじゃなくて〝醜いオーク〟なので、むしろ僕がいないほうが盛り上がると思います。

　その証拠に。

「「「「……………………」」」」

　会場に入ってからの、参加者の視線が痛くてつらいです。

　すると。

「本日はお集まりいただき、ありがとうございます。ささやかではございますが、新入生の皆さんは思う存分楽しんでください」

　エレオノーラの言葉で、今夜の舞踏会が始まった。

　いつの間にか現れた演奏隊により、会場内に音楽が流れ始める。どうやら、好きに踊れということらしい……んだけど。

「……誰も踊ろうとはしないね」

「おそらく、最初のダンスは遠慮しているのだと思います」

「遠慮？」

「はい。さすがにバルドベルク帝国の皇太子であるルイ様を差し置いて、踊るわけにはいかないということでしょう」

ええー……そんなプレッシャーをかけられても困るんだけど。

大体、普段は僕のことを〝醜いオーク〟だとか陰口を叩いて馬鹿にしているのに、こんな時に限って何その無意味な配慮。

「ほら、ルイ様。あれをご覧ください」

「あれ……って」

イルゼが指差した先を見ると、担任のナウマン先生をはじめ、学院の教授の姿がちらほら見受けられた。

なるほど。さすがに教授達のいる手前、皇太子の僕をないがしろにはできないってことか。

「そういうことですので、ルイ様」

「あ……う、うん……」

僕は緊張で唾を飲み込み、イルゼの前に跪いて右手を差し出した。

「そ、その……イルゼ、僕と一曲踊ってくれますか？」

「はい……」

彼女の手を取り、僕達はホールの中央へと足を運ぶ。

そして。

「う、うう……これでいいのかな……」

「ルイ様、とてもお上手です」

イルゼにリードしてもらい、僕は彼女の足を踏まないように注意を払いつつ、必死に踊る。

「ルイ様。ダンスの際は、パートナーの瞳を見つめるのがマナーです」

「だ、だけど、足元から目を逸らしたら、君の足を……」

「大丈夫です。だから……私を、見てください……」

藍色の瞳を潤ませ、蕩けるような表情でそんなことを言われたら、従うしかない。

だけど、こんなに綺麗なヒロインに見つめられるだけで、喪男の僕のメンタルは致命傷です。

そういうの、本当に好きな人に向けるべきだと思うんだけど。

僕なんかに仕えているせいで、〝醜いオーク〟の相手をしなきゃいけないという、まさに罰ゲームのような仕打ちをしてしまい、イルゼには申し訳なさすぎて、その……胃がキリキリ痛い。

「ふう……」

音楽が終了し、同時に僕とイルゼのダンスも終わりを迎えた。

一度もイルゼの足を踏まずに済み、やり遂げた充実感に浸っている僕とは対照的に、彼女はどこか名残惜しそうな、憂いを帯びた表情でいる。

「そ、その……イルゼ、ダンスをする機会は今日だけじゃないんだ。これからずっと、いつだって踊れるから……」

「あ……そう、ですね……」

僕の言葉に、イルゼは微笑みを浮かべた。

そうとも、彼女はこんなにも綺麗な女性なんだ。それこそ、ダンスの相手なんて引く手数多だろうし、もっと相応しい男が現れるに決まっているとも。

ま、まあ、そんな男が現れるまでは、お願いだから僕の相手をお願いします。

お情けとはいえ、こんな〝醜いオーク〟のダンスの相手を務めてくれるような女子は、イルゼをおいて他にいないんです。

「デュ、デュフフ……緊張したせいか、喉が渇いちゃったね」

そう言うと、僕はホールのスタッフからぶどうのジュースが注がれたグラスを二つ受け取り、一つをイルゼに渡した。

「あ、ありがとうございます」

「ここだとみんなの邪魔になるだろうから、もう少し静かなところに行こう」

「はい」

彼女の手を取り、僕達は会場の壁側へと移動する。

ちゃんとダンスを踊るという使命も果たしたし、あとは壁の花になってやり過ごすとしよう。

そう、思っていたのに。

「フフ……ルートヴィヒ殿下、私をダンスに誘ってはくださいませんの？」

よりによってソフィアが、僕をダンスに誘ってきたよ……。

僕のことを〝醜いオーク〟だと散々貶した挙句、周辺諸国にまであることないこと言いふらしたくせに、どの面下げて誘ってきているのだろう。

微笑みすら浮かべるソフィアに、怒りに任せて言ってやりたい。『僕が〝醜いオーク〟から少し見た目がまし・・になった途端、誘ってくるな。目の前から消えろ』って。

でも……僕の身体が震えて、言うことを聞かないんだ。

前世の人格を取り戻すまでのルートヴィヒの記憶が、トラウマが、この僕を縛りつけて、動けなくしていて。

「さあ、次の曲が始まってしまいますわ」

ソフィアが僕の手を取ろうとして歩み寄った、その時。

「申し訳ありません。今夜のルイ様の……ルートヴィヒ皇太子殿下のお相手を務めるのは、この私のみです」

イルゼが一歩前に出て、ソフィアを遮った。

繋いだ手を、強く握りしめて。

「あら……あなた、確かルートヴィヒ殿下の従者よね？」

「はい。イルゼ＝ヒルデブラントと申します」

ジロリ、と見やるソフィアに、イルゼは彼女を見据えて名乗った。

完璧な普段の彼女なら優雅にカーテシーをするし、決して礼儀に反するようなことはしない。

でも、彼女のとった態度は、仮にも隣国の姫君に向けるものじゃない。それだけ、イルゼも怒っているということだ。

この、僕のために。

「だったら分かるでしょう？　ルートヴィヒ殿下は皇族。しがない従者でしかないあなたでは、不釣り合いだということが」

「…………………………」

「それに、私も殿下への心無い誹謗中傷には、以前から心を痛めておりましたの。まさか、ただの意見の食い違いで婚約に至らなかっただけで、尾ひれがついてこんなことになるなんて……」

この女、どの口が言っているのだろうか。

オマエが誹謗中傷を流したことくらい、帝国がつかんでいないとでも思っているのか。

だとしたら、どれだけお花畑なんだよ……って、そういえばソフィアはお花畑だったな。

ゲーム内でも、イルゼを除きチュートリアルを兼ねて最初に登場するヒロインだけあって、能力値は全ヒロイン中最低。あの〝狂乱の姫騎士〟オフィーリアよりも、知力のステータスが低い。

それなら何も考えずにこんな行動に出ても、不思議じゃない。

だけど、それならなおさら彼女が、西方諸国でもトップの名門である帝立学院に留学できたことが、不思議で仕方ないんだけど。

あれかな？　前世ではよく問題になった、裏口入学的なアレかもしれない……って、それも無理だよね。

いずれにせよ、ソフィアが帝立学院に留学できたことについては、疑問だらけだな。

「まだ分からないの？　取り潰し寸前の没落貴族の令嬢で、しかもルートヴィヒ殿下の夜の慰み者でしかないあなたが、ここにいる資格はないと言って……キャッ⁉」

　ソフィア王女の台詞を聞いた瞬間、僕は無意識のうちに手に持っていたぶどうジュースを、彼女の醜悪な顔にぶちまけていた。

　あれほど強ばって、何も言えなくて、指一つ動かすことができなかったはずなのに。

「ふざけるな」

「な、何をする……って、え……？」

「ふざけるな！　確かに僕は二年前に君が罵った〝醜いオーク〟だ！　それは認めるよ！　だけど……だけど、僕の大切なイルゼを馬鹿にするな！」

「な、何を……っ」

「彼女は、誰からも馬鹿にされるこんな僕に仕えて、励まして、支えてくれた素晴らしい女性なんだ！　オマエみたいな人を見た目だけで判断して、ありもしない噂をばら撒くような者と一緒にするな！」

　キッと睨むソフィアに怯むことなく、僕はただ感情に任せて怒鳴っていた。

　ただでさえ喪男の僕が、こんなに声を荒らげるなんて慣れないことをしたせいで、声も、肩も震えて仕方がない。

　でも、僕はどうしても許せなかったんだ。

　こんなにも一生懸命支えてくれて、仕えてくれるイルゼを侮辱されたことが。

しかもこの女は、ご丁寧にイルゼの素性まで調査して罵ったんだ。

ゲームシナリオの、本当のルートヴィヒではないけれど、僕は絶対にこの女を許さない。

すると。

「ルートヴィヒ殿下、もうそのくらいにしてください」

「……エレオノーラ会長」

「見なさい。殿下が場所も弁えずに女性に対してジュースを浴びせるばかりか、大声で怒鳴る始末……」

……それを言われると、返す言葉がない。

確かに、バルドベルク帝国の皇太子の振る舞いとしては、相応しいものじゃない。

「そもそも、やり取りを一部始終見ておりましたが、身分も弁えずにソフィア殿下に不敬を働いたのは、その女です。でしたら、無礼を働いた従者に罰を与えることこそが、上に立つ者の役目でしょう」

「…………………」

僕は、正論を吐くエレオノーラとうつむくイルゼを、交互に見やる。

イルゼ……。

「ハア……あなたが入学式で生徒全員に言った、『本当の僕を見てほしい』というのは、このような行為のことを指すのですね……」

額に手を当て、溜息を吐きかぶりを振るエレオノーラ。

そうか……そうだね。

僕は、『本当の僕』を見てもらうって、確かに言ったんだ。

だったら。

「……そうだよ」

「はい……？」

「そうだ、これが『本当の僕』だ。僕は、僕の大切な女性が侮辱されて、黙っていることなんてできない。たとえその相手が隣国の姫君だったとしても、絶対に許したりはしない」

イルゼの手をギュ、と握りしめ、僕ははっきりと告げた。

そうだとも。こんなたった一人だけ僕のために尽くしてくれるヒロインも守れなくて、どうやって破滅エンドを回避するっていうんだ。

それこそ、何のための〝醜いオーク〟の皇太子だよ。

「本当の僕を見て、幻滅したというならそれでいい。こっちこそ、身分と権力を笠に着て自分より下の者を侮辱するような者も、それを当然と受け入れるような者も、どちらも願い下げだ」

「…………………………」

「イルゼ、行こう」

「あ……」

僕はイルゼの手を引き、足早に会場を出ていく。

多くの生徒達がそんな僕達を忌々しげに見ていたけど、知ったことか。

でも。

「……デュフフ、やっちゃったなあ……」

イルゼにも聞こえないような声で、僕はポツリ、と呟いた。

だけど僕は、とても晴れやかな気分だった。

「ル、ルイ様、申し訳ありませんでした……」

馬車に乗り込むなり、イルゼが土下座して謝罪する。

彼女の顔は青ざめていて、このまま自殺でもしてしまうんじゃないかと心配してしまうほど、落ち込んでいた。

「や、やめてよ！　イルゼは何も悪くないから！　それよりも……僕のせいで君に嫌な思いをさせてしまって……その、ごめんね……」

「っ！　お、おやめください！　それこそ、ルイ様は何一つ悪くないではないですか！　それどころか、こんな私のためにお立場を悪くしてしまうようなことを……」

負けじと土下座する僕に、イルゼは慌てて立ち上がらせようとする。

それから僕達は、押し問答を繰り返した後、互いに目を伏せてしまった。

だけど。

「……デュ」

「ル、ルイ様……？」

「デュフフフフ！　なんで僕達、こんなふうに謝罪し合っているんだろうね！」

そのことが可笑しくなり、僕は吹き出してしまった。

うん……確かに反省すべきところはたくさんあるかもだけど、僕もイルゼも、決して謝る必要なんてない。

それよりも、もっと大事なことを言うべきじゃないか。

「イルゼ……君がソフィア王女から僕を庇ってくれたこと、すごく嬉しかったよ。ありがとう」

「あ……」

そうだよ、謝ることなんかより、ちゃんとお礼を言うことのほうが先だよ。

それに、このほうがイルゼだって嬉しいに決まっているから。

「わ、私も、ルイ様にあのように庇っていただいて……いいえ、あんなにも大切に想ってくださって、ありがとうございます……っ」

「それこそお互い様だよ。だから……これからも、よろしくね」

「はい……はい……っ」

イルゼに深々とお辞儀をされて、照れ笑いをする僕。

彼女も、肩を震わせて何度も頷いてくれた。

だけど。

「あー……これで『ヒロイン達に僕の背中を見せつけて、破滅フラグ全折り作戦』は不可能になっちゃったなー……」

寄宿舎の自分の部屋に戻った僕は、ベッドの上でゴロゴロしながら呟いた。

そう……僕は少しでも多くのヒロインの〝醜いオーク〟の印象を変え、破滅エンドへと繋がるフラグをへし折る作戦を考えた。

そのために、まずは僕が『醜いオークの逆襲』のような最低最悪醜悪なルートヴィヒとは違うのだと、入学式のスピーチで意思表明をしたんだ。

もちろん、あんな言葉だけで僕の評価が変わったりするはずもないし、僕だって期待はしていない。

でも、その後の行動でソフィアが流した誹謗中傷のような男じゃないのだと少しでも理解してもらえれば、そこから色々と認識が変わって、その結果、破滅フラグが折れる……そこに一縷の望みを懸けたんだ。

本当は、僕から積極的にヒロインにアプローチしたほうがいいのだろうけど、残念ながら僕は喪男。女子と絡むなんてそんなハードルの高いこと、できるわけがない。

それが、ヒロイン達のような美少女ばかりだとなおさらだ。

「なのに……僕が見せたのは、あのソフィアに対してだったとはいえ、ジュースを浴びせて怒鳴った姿だもんね……」

何も知らない者からすれば、僕のとった行動は女性を……しかも、一国の姫君を最大限侮辱するような行為。

　これでは〝醜いオーク〟とは違うんだって訴えても、聞いてもらえるはずがない。

　もちろん、僕は自分の行動に後悔はしていない。

　むしろ、あそこであの行動をしていなかったら、自分のことを一生許せなかったと思う。

「んー……こうなったら、どれか一つの破滅エンドに向かうように展開を誘導して、狙いを絞るようにしてみる……？」

　そうすれば、次にどうすればいいか予測もつきやすいし、対策だって練りやすい。

　闇雲にヒロインとの関係改善を狙ってみたものの、そもそもヒロインの一人がソフィア王女の時点で、絶対に相容れないことに今さら気づいたし……って。

「駄目だ。ヒロインごとに破滅エンドの条件が違うから、各個撃破するしかない……」

　そのことを思い出し、思わず頭を抱える。

　単純に『敗北エンド』しか破滅エンドの条件がないようなヒロインならともかく、『反乱エンド』だったり『自殺エンド』だったり、特殊なものも結構存在するんだったよ。前世でも、全てのトロフィーを揃えるまでにかなりの時間を要したからね。

「まあ……死なないためには頑張るしかない、よね」

　僕は両頬をパシン、と叩き、ポキッと折れそうな心を奮い立たせてベッドに潜った。

　昨日はスピーチの緊張から一睡もしていないし、眠くて仕方ないんだよね……。

「おやすみなさい……」

誰に言うでもなく呟き、僕は静かに目を閉じて……。

——コン、コン。

……ん？　こんな時間に誰……って、イルゼ以外に訪ねてくる人なんているわけがないか。

ベッドから下りて僕が扉を開けると、来訪者は案の定イルゼ、だったんだけど……っ⁉

「そ、その格好……っ⁉」

「夜分遅くに、申し訳ありません」

なんとイルゼは、あろうことか『醜いオークの逆襲』の入手アイテム、シースルーのナイトウェアを身にまとっているんだけど⁉

で、でも、そのアイテムは初回アプデ特典で、同人サークルブログのフォロワーに限定で配付されたアイテムのはず！

それを何故イルゼが⁉　……って、そうじゃなくて⁉

「いいい、いや、そんなことよりも！」

「それより、さすがにこの格好で通路にいるのは恥ずかしいので、中へ入れていただけますでしょうか」

「っ！　そそ、そうだね！　どうぞどうぞ！」

僕は慌てて招き入れ、とりあえずベッドに座らせた。

だけど……こんなの目のやり場に困るし、何ならさっきから彼女に背中を向けっぱなしだとも。

「と、ところで、こんな時間にどうしたの？」

「はい。やはり今夜の舞踏会のことで、改めてルイ様にお礼を申し上げたくて……」

「そ、そう……だけど、それはお互い様だって……っ⁉」

——ぴと。
イ、イルゼ⁉　僕の背中に胸を押しつけてる⁉
「……私は、ルイ様に……あなた様に、この身体以外差し出せるものがございません。ですから
どうか、この私の身体を思う存分お使いくださいませ」

い、いやいや、何言ってるの⁉

そこまでしなきゃいけないようなこと、僕、してないよね⁉

「あ、あの……」

「……ルイ様は、私の身体はお気に召しませんか……？」

そういうことじゃなくて！

何なら、前世では真っ先に君にお世話になっておりますが！　というか、プロローグで大満足
しておりましたが！

などと叫びたいところだけど、絶対に理解してもらえないので押し黙っておく……って。

「……イルゼ、震えてるじゃないか」

「も、申し訳ございません。私も……初めて、ですので……」

…………………………ぐはっ。

思わず色々なものを……何なら魂まで吐き出しそうになったけど、両手で口を押さえて踏みと

どまる。

というか、そんな大事なものをなんで僕みたいな〝醜いオーク〟に……。

たとえ実家を救うためだとしても……たとえ皇帝の命令だとしても、こんなことをしちゃいけない。

こういうことは、ちゃんと本当に好きになった人とすべきだし、その……喪男には、据え膳を食べるような器用なことをする度胸はないんです。

だから。

「あ……」

僕はイルゼから離れ、クローゼットにある上着を手に取ると、彼女の肩にそっとかけた。

「そ、その……」

「イルゼ……お礼だとか、そんな理由で君の大切な身体を差し出したりなんかしちゃいけないよ」

「ですが……ですが、私にはこれしか……」

「そうじゃなくて、君が本当に心から大好きな人とそうしたいと願った時のために、ちゃんと大切にしないと……ね？」

「…………………」

僕はイルゼにそうささやくと、彼女は上着をギュ、と握りしめた。

やっぱり怖かったよね、不安だったよね。

「さあ、もう夜も遅いし、早く寝たほうが……って」

「で、でしたら、せめてあなた様の傍で、眠らせてはくださいませんか……？」

お、おうふ……そうきたか。

同じ部屋で寝るっていうだけで身の置き所がなくて困るけど、さすがにイルゼに対してこれ以上無下にはできない。

心と僕のオークを落ち着かせるため、天井を見上げて深呼吸をすると。

「う、うん、いいよ。じゃあ、イルゼはこのベッドを使って。僕は向こうのソファーで寝るから……っ⁉」

「い、いけません！　ルイ様は、ちゃんとベッドで寝てくださいませ！」

「ブヒヒヒッッ⁉」

ベッドに強引に引き込み、さらには覆い被さるイルゼに、僕はパニックになってしまった。

こんなの……こんなの、喪男には無理いいいいいいいッッッ！

「そ、そういうことですので、このまま私と一緒に寝ましょう。ええ、そうしましょう」

「ブヒイイイイイイイ……」

イルゼに言われるまま、されるがまま、僕は彼女と川の字になってベッドに寝る。残る一本？

もちろん、僕のオークだよ。

ま、まさか、この僕が女子と同じベッドで寝るなんて……ひょっとしたら僕は、また天に召されて転生してしまうんじゃないだろうか。

「ル、ルイ様……」

「ブ、ブヒ⁉」

「ふふ……私、男の人と一緒のベッドで眠るなんて、家族を含めてあなた様が初めてです……」

「そ、そうでしゅか……」

完全に語彙力が崩壊した僕。

そんな僕の腕に大きくて柔らかな胸を押しつけ、イルゼが嬉しそうに微笑んだ。

……今夜、僕と僕のオークは、この状況に耐え抜くことができるだろうか。

幕間

■イルゼ＝ヒルデブラント視点

——私は、幼い頃から暗殺者として生きることを求められてきました。

建国時からバルドベルク帝国の影として、代々仕えてきたヒルデブラント子爵家でしたが、現皇帝……オットー＝フォン＝バルドベルクが帝位に就いてから、全てが狂ってしまいました。

それまで皇室が重宝してきた我が家を、突然切り捨てたのです。

理由は簡単。要は、名君と呼ばれた前皇帝陛下に心からの忠誠を誓ってきたヒルデブラント家が、今の皇帝は邪魔であるにほかならなかったからです。

帝国の影としての地位を失ったヒルデブラント家は、この帝国で生き抜く術は持ち合わせておりませんでした。

一応、領地はございますが、ヒルデブラント家は帝国の影。周囲から目立たないようにするために、僅かしか与えられておらず、収入も乏しい。

何か事業を始めようにも、諜報や暗殺しか能のないヒルデブラント家には、そんなノウハウもありません。

結局、先祖代々の品々を売り捌いて、そのお金で食いつなぐだけ。

それでも、いずれまた帝国に必要とされるかもしれない。そんな希望を抱いて、お爺様とお父様は、私と二人の妹に暗殺術の全てを叩き込んでくださいました。

元々の才能もあったのでしょう。

真綿が水を吸うように教えを吸収し、三姉妹の中でも特に優秀だった私は、成人となる十五歳を迎える頃にはお父様……いえ、現役時代のお爺様をも凌ぐ暗殺者に成長いたしました。

ですが、いつまで経っても、オットー皇帝からヒルデブラント家にお声がかかることはありません。

お爺様が無念のうちに他界し、お父様の指導の下、なお私は研鑽を積み、二年が過ぎた頃。

とうとう売り捌けるものも底をつき、借金によって領地や屋敷も差し押さえられ、いよいよ由緒あるヒルデブラント家が滅びる……そんな時でした。

オットー皇帝から、ヒルデブラント家への支援の申し出と、その条件が提示されたのです。

それは……私を含めた三姉妹のうちの一人が、皇帝の一人息子で皇太子のルートヴィヒ殿下にお仕えし、慰み者となること。

そのことを告げに来たオットー皇帝の配下が見せた醜悪な顔は、今でも忘れることができません。

だって、ヒルデブラント家の救済を餌に、私を……ヒルデブラント家を侮辱したのですから。

ですが、もはや風前の灯火(ともしび)だった私達に、他の選択肢などありません。

二人の妹をそんな酷い目に遭わせたくなかった私は、自らルートヴィヒ殿下にお仕えすることを申し出ました。

もちろん、ルートヴィヒ殿下の噂は私も聞き及んでおります。

まるでオークのように醜悪な見目をしており、性格も冷酷で、残忍で、卑劣で、まさに魔物だとのこと。

でも……それでも、私には受け入れるしか選択肢がないのです。

家族と今生の別れを済ませ、私は皇宮へとやってきます。

私が殿下の慰み者になるのだと、既に伝えられていたのでしょう。

執事長やメイド長だけでなく、皇宮で働く全ての人が、私を汚物でも見るような目で見ていました。

ルートヴィヒ殿下の部屋の前まで案内され、私は深呼吸をして覚悟を決めると。

――コン、コン。

「……失礼します。本日付でルートヴィヒ殿下にお仕えすることになりました、イルゼと申します」

扉を開け、恭しく一礼した後に私の瞳に飛び込んできたのは……まさしく、噂どおりオークのように肥え太った醜い姿の、ルートヴィヒ殿下でした。

ああ……私は、今日からこの人に穢(けが)されるのですね。

噂と違っていてほしいという私の微かな希望は打ち砕かれ、目の前に絶望が広がっておりました。

ですが……少し様子が変です。

ルートヴィヒ殿下は一介のメイドで、しかも慰（なぐさ）み者でしかないこの私に敬語を使い、お会いしたことがあるかとか、今日の日付をお尋ねになられたのです。

予想外のことに戸惑いつつも、ご質問にお答えすると。

「あ、うん……と、とりあえずは特に用事もないので、その……お疲れ様でした」

そう告げられ、何もせずに私を解放なさったのです。

「あ、あの！　私は……ルートヴィヒ殿下のお世話をするためにおります！　で、ですので、ど・・・・・・・のようなことでもご命令ください！」

もう訳が分からず、思わず自分から必死に申し出てしまいました。

そんなこと、したくないのに……慰み者になんて、なりたくないのに。

でも、ルートヴィヒ殿下を受け入れなければ……私を気に入っていただかなければ、ヒルデブラント家が……家族が……っ。

それでも。

「お、落ち度なんてないですから！　むしろ、イルゼ……さんみたいに綺麗な女性（ひと）が、僕みたいな醜い男に仕えてくれるだけでもありがたいんですから」

ほ、本当に、どういうことなのでしょうか。

お褒めの言葉からも、決して私のことが気に入らないわけではないようなのに、手を出そうとしないなんて……。

結局、私の慰み者としての初日は何もなく終了してしまいました。

これで本当によいのか分かりませんが、ルートヴィヒ殿下がそうおっしゃる以上、私は従うほかありません。

そして……そのことに、心の底から安堵している私がいます。

初めてを奪われなくて、よかったと。

ですが、所詮は先延ばしになっただけ。

それにこのままではいずれここを追い出され、実家への支援が途絶えてしまうことは明白です。

それだけは、絶対に避けなければなりません。

もう一度ルートヴィヒ殿下のところへ行こう。

覚悟を決めた私は、夜にもう一度お部屋に伺います。

すると、部屋の中から呻き声が聞こえ、私は慌てて扉を開けました。

「ルートヴィヒ殿下⁉」

頭を押さえ、苦しそうにのたうち回る殿下。

急いで駆け寄ると、殿下は意識を失ってしまわれました。

「誰か！　誰か来てください！」

通路に出て、私は必死に叫びます。

何事かと顔を見せたメイドの一人に状況を伝え、すぐにお医者様を呼んでいただきました。

診察の結果、特に異常はないとのことでひとまず安心しましたが、また同じようなことが起こるかもしれません。

私はルートヴィヒ殿下が目を覚まされるまで、お部屋で見守ることにしました。

そして。

「っ⁉　ルートヴィヒ殿下⁉」

ようやく意識を取り戻された殿下に、胸を撫で下ろします。

相変わらず私に敬語をお使いになる姿にやはり戸惑いつつも、それでも、見た目はともかく心根は噂とは違う……そう思い始めました。

「それでは、失礼いたします」

これ以上いてはゆっくりお休みいただけないと思い、私は恭しく一礼し、退室しました。

これが、私がルートヴィヒ殿下と初めて出逢(であ)った日の出来事でした。

次の日になり、私はルートヴィヒ殿下から思わぬお願いをされてしまいました。
まさか、痩せるための特訓の指導をしてほしいなんて。
最初は騎士団長など、他の方を推薦してみたのですが、何故か殿下は私の実力をご存じのようで、土下座までしてお願いされました。

この……ただのメイドで、慰み者の私のために。

ここまでされては、それに応えないわけにはまいりません。

……いえ、この時既に、私はルートヴィヒ殿下に好感を持っておりました。

私は、全力でこの御方の願いを叶えるためにお支えするのみ。

それから、ルートヴィヒ殿下と私の痩せるための特訓の日々が始まりました。

体重が三百キロ以上もあるルートヴィヒ殿下が痩せるには、並大抵のことでは不可能です。

そこで私は、ヒルデブラント家に代々伝わる……いえ、初代ヒルデブラント家当主が遺(のこ)した文献に記された、初代皇帝フランツ＝フォン＝バルドベルクの鍛錬法、これに賭けることにいたしました。

ですが、この鍛錬法は常軌を逸しており、痩せる前にルートヴィヒ殿下が壊れてしまうかもしれません。

そう思いつつも、私は心を鬼にし、その鍛錬法を決行いたしました。

特訓の日々はやはり過酷を極め、ルートヴィヒ殿下は馬に蹴られ、踏まれ、バルコニーからその身を投げ出し、盛ったケルピーから逃げ続ける。

だというのに、ルートヴィヒ殿下の身体は、ヒルデブラント家の文献に記されていたように、その贅肉の圧縮を繰り返し、みるみる生まれ変わっていきます。

それこそ、初代皇帝と同じように。

ルートヴィヒ殿下の変化に驚きつつも、私は特訓を続け、いつしか二人の間には、ご主人様と慰み者という関係ではなく、本当の主従関係が芽生えていました。

そして、一年間の特訓を終えたルートヴィヒ殿下の身体は極限まで圧縮され、鍛え抜かれた名剣のような高密度の筋肉に生まれ変わりました。

見違えたルートヴィヒ殿下のお姿に、私が見惚れておりますと。

『僕のことは、ルートヴィヒ殿下なんて堅苦しい呼び方じゃなくて、〝ルイ〟って呼んでくれると嬉しいな』

そうおっしゃった時のルートヴィヒ殿下……いえ、ルイ様の屈託のない笑顔は、とても愛くるしく、庇護欲をそそられるといいますか、抱きしめたくなってしまうといいますか……。

とにかく、頭の上から足の先まで、〝醜いオーク〟と呼ぶなんてめっそうもない、まさに皇太子と呼ぶに相応しいお姿になられました。

……いえ、ルイ様以上に素晴らしい皇太子など、この世界にはいないと思っております。

ですが、姿はこのように変わられても、私へ向けてくださる優しいまなざしやお言葉は変わりなく、尊敬の念を抱かずにはいられません。

だからこそ……だからこそ、私はあの女……ベルガ王国の第一王女であるソフィア＝マリー＝ド＝ベルガという女が許せません。

ルイ様の本当のお姿を見ようともせず、誹謗中傷を周辺諸国に広め、こんなにも苦しめた、あの女を。

それなのにあの女は、どういうわけか帝立学院に留学するという、恥知らずな真似を……っ！　許せなかった。

入学式に向かう途中でぶつかったあの時に、その顔をズタズタに引き裂いてやりたかった。

それ以上に……悲しむルイ様のお姿を、見ていられなかった。

ですが。

「（ルイ様……）」

隣で眠っているふりをするルイ様の横顔を見つめ、聞こえないように口だけを動かして、私だけが呼ぶことを許されたそのお名前をささやく。

夜の舞踏会の場で、あのソフィアが恥ずかしげもなくルイ様をダンスに誘い、私がそれを阻止した時。

口汚く私を罵るあの女を、ルイ様はこの私のために怒ってくださいました。

『ふざけるな！　確かに僕は二年前に君が罵った〝醜いオーク〟だ！　それは認めるよ！　だけど……だけど、僕の大切なイルゼを馬鹿にするな！』

『彼女は、誰からも馬鹿にされるこんな僕に仕えて、励まして、支えてくれた素晴らしい女性(ひと)なんだ！　オマエみたいな人を見た目だけで判断して、ありもしない噂をばら撒くような者と一緒にするな！』

『そうだ、これが『本当の僕』だ。僕は、僕の大切な女性(ひと)が侮辱されて、黙っていることなんてできない。たとえその相手が隣国の姫君だったとしても、絶対に許したりはしない』

嬉しかった。

涙が溢れそうになった。

こんな……こんな、実家を救うためとはいえ、慰み者となる道を選んだ私に、ここまでおっしゃってくださるなんて……っ。

そんなルイ様にどうしても報いたくて、こんな格好までして、迫ったりして。

男性経験なんて全然なくて、本当は怖くて仕方ないくせに。

でも、そんなことはルイ様には全てお見通しで、逆に気遣ってくださって……。

もう……駄目だった。

私は、自分の想いに気づいてしまった。

私は……ルイ様が、好き……。

でも、そんなことは絶対に言えない。

ルイ様が私の想いを知ってしまわれたら、負担になってしまうから。

それに、没落貴族の娘で慰み者の私なんて、ルイ様には相応しくない。

だから。

「(ルイ様……私は生涯、あなた様にお仕えいたします……)」

報われなくてもいい。

ルイ様のためなら、この命を投げ出したって構わない。

だから……せめてあなたのお傍に、いさせてください。

せめて、あなたに触れることをお許しください。
天使のような横顔を見つめ、私はただ、ルイ様の背中にそっと触れた。

第二章　狂乱の姫騎士　オフィーリア＝オブ＝ブリント

おはようございます、ルートヴィヒです。

カーテンの隙間から差し込む朝の光を見て、今日もいい天気になりそうだなあ、なんて呑気なことを考えているけど……結局、緊張と興奮で眠れませんでした。

いや、だって隣にあられもない姿のイルゼが、僕の左腕をその巨大な胸で挟み、さらには柔らかいムチムチした太ももを左脚に絡めているんだよ？

無理だよね？　無理に決まってる。

「そ、そろそろ起きよう……」

そう思い、僕はイルゼを起こさないように左腕を……うん、ピクリとも動かない。

これはあれかな？　緊張しすぎて動かせないのか、それとも、このふにふにした柔らかい感触をもっと堪能したいという、僕の……いや、前世の人格になる前のルートヴィヒを含め、心の奥底に眠る欲望と野生が目覚めたのかな？

そんな言い訳なのか欲望に忠実に従っただけなのか、よく分からないことを頭の中でぐるぐると考え天井を眺めていると。

「ルイ様……」

　……どうやら至福の時間は、これで終了のようだ。

「あ、そ、その……おはよう、イルゼ」

「はい……おはようございます……」

　ふおおおお⁉
　イ、イルゼ、さらに胸をむにゅって押しつけてきた⁉
「結局……昨夜は嬉しくて眠れませんでした……」

　僕が眠れないのは当然として、イルゼもそうだったなんて意外だ。

　とはいえ、こんな喪男と一緒に寝て、嬉しいものなのだろうか……。

　思わず首を傾げてしまうけど、多分、イルゼは気を遣って一晩中見守ってくれたんだろうな。

　そうじゃなきゃ、喪男で〝醜いオーク〟の僕と寝て嬉しいなんて感想が出てくるはずがないし。

「デュ、デュフフ……実は、僕も……」

　彼女の気遣いに応えるために、僕も白状した。もちろん、眠れなかった理由は全然違うけど。

　なのに。

「……嬉しい、です」

　僕の言葉を聞いたイルゼは、嬉しそうに僕の肩に頬をすり寄せた。

　お願いイルゼ、僕のメンタルはこれ以上もちません。

「さ、さあて、そろそろ起きよう。今日もいつもの日課をこなさないといけないし」

「あ……そうですね……」

どこか名残惜しそうな表情を浮かべたけど、イルゼはすぐにいつもの様子に戻った。

昨夜は寝ていないから、まだベッドが恋しいのかな？

「あ、そ、それだったら、イルゼはこのままゆっくり寝ていてくれて構わないよ！　僕一人で行ってくるから！」

「あっ！」

僕はベッドから飛び起きると、クローゼットから服を取って寝室から出た。

さすがに彼女の前で着替えなんてできないし、それに……。

「……一睡もしていないっていうのに、僕のオークは元気だなあ」

こんなもの、絶対に見せられない。

というか、イルゼはあんなに綺麗だし魅力的だし、健全な十五歳男子のオークが反応しないなんてあり得ないから。

「ハア……行こ」

服を着替えて部屋を出た僕は、寄宿舎の中庭へと足を運ぶ。

一年前から続く僕の日課である、この身体を維持するトレーニングを行うために。

いや、もう人並み以上に痩せたし、ダイエットが目的ならこれ以上する必要はないかもしれないけど、僕はリバウンドが怖いんだよ。

もしそんなことになってみろ、今でこそこんなに優しくしてくれるイルゼだって、すぐに僕から離れていってしまうよ。

……ゲームのように調教して従順度を上げれば防げるけど、喪男の僕にそんなことをする趣味も度胸もないし。あれはゲームだから許されるんだよ。

「と、とにかく、今日の分をこなさないと……って」

中庭へやってくると、一人の女子が身長くらいありそうな大きな剣で素振りをしていた。

黄金の髪をポニーテールにまとめ、同じく黄金に輝く瞳は、どのような敵を捉えているのだろうか。

願わくば、僕以外であってほしい。本当に。心からお願いします。

「む……」

「あ……」

……気づかれてしまった。

「じゃ、邪魔をしてしまい、申し訳ありません。オフィーリア殿下」

「いや、ここは中庭なのだから、気にしないでくれ。それより……どうして私の名を？」

深々と頭を下げて謝罪した僕に、オフィーリアが不思議そうに尋ねた。

「デュ、デュフフ……それは、同じクラスでもありますし、オフィーリア殿下はブリント連合王国の姫君であらせられますから」

あ……言い方失敗したかな。

これじゃまるで、僕がオフィーリアに目を付けていたみたいじゃないか。

ただでさえ僕は、鬼畜で卑劣で冷酷で変態なオークという評価なのに。チクショウ。

「なるほど、確かにルートヴィヒ殿下の言うとおりだな」

「は、はい」

ホッ……どうやら勘違いされずに済んだみたいだけど、やっぱり僕がルートヴィヒだって分かっていたかあ……。

できれば僕の存在を知られないまま卒業したかったけど、入学式でスピーチまでしたんだから、知っていて当然なんだけど。

「それで、貴殿はこんな早朝の中庭に、どのような用事なのかな？」

「あっ、はい。僕もトレーニングをしようと思いまして」

「ほう……？」

オフィーリアが顎に手を当て、興味深そうな視線を僕に送ってきた。

あー……脳筋だから、身体を動かすのは好きそうだもんねー。

「では、貴殿のトレーニングを少々拝見させてもらうとしよう」

「っ⁉　い、いやいやいや、見ても全然面白くないですし、それにオフィーリア殿下もトレーニングの最中だったのでは⁉」

「気にしなくていい。ちょうど私も休憩したかったところだ」

イヤアアア⁉　なんで僕に興味持ち始めているの⁉

僕は〝狂乱の姫騎士〟なんて願い下げなんだよ！

「さあ、早く」

ニコリ、と微笑みながら僕がトレーニングを開始するのを待つオフィーリア。

くそう、無駄にヒロインしているだけあって、メッチャ可愛いじゃないか……。

「で、では……」

僕は軽く会釈した後、いつものトレーニングを開始した。

ヒロインの一人、オフィーリアが見守る中でトレーニングを開始してから三十分。

ええと……自分のトレーニングはいいんですかね？

さっきから僕ばかり見て、身体動かしていませんよ？

心の中でそんなツッコミをひたすら入れつつ、頼むから僕のことはほっといてくださいと念じるも、その願いが聞き届けられることはなかった。

「……ルートヴィヒ殿下。貴殿はいつも、このようなトレーニングをしておられるのか？」

「へ？　は、はあ……」

訝しげに僕を睨みながら尋ねるオフィーリア。

何だろう……僕のトレーニングにケチをつける気かな？

でも、これはイルゼが僕のために考えてくれたメニューだから、いくら〝狂乱の姫騎士〟だからって、許さないぞ！　……はい、嘘です。

「まさか、この三階建ての寄宿舎の壁をよじ登って、さらに一番上から飛び降りて受け身をとるトレーニングなど、常軌を逸していると思うが……」

「デュ、デュフフ、ですよねえ……」

最初の頃、僕もイルゼに同じツッコミを入れたよ。

でも彼女、僕に『はい』と『イエス』以外の返事を許してくれなかったんだ。

とはいえ、そこまでしないと僕のあの三百キロを超える巨体を一年で見違えるようにするのは、絶対に不可能だったとも思う。

極限まで厳しかったし何度も死ぬかと思ったけど、今となってはトラウマ級のいい思い出だし、イルゼ……いや、教官には感謝しかない。

「ふむ……これは、聞いていた噂とは違うな」

「え？　あ、そ、そうですか？」

オフィーリアの言う噂って、十中八九事実無根な〝醜いオーク〟の所業の数々だろう。おのれソフィアめ。

「とはいえ、私もまだ貴殿のことをよく知らない。だから……」

「ルイ様」

「イ、イルゼ⁉」

オフィーリアが何かを言おうとしたところで、メイド姿のイルゼが、後ろから声をかけてきた。

というか、気配を消して背後をとるなんて、あれかな？　僕を暗殺でもする気……っ⁉

この時、僕はとんでもないことを思い出した。

そう……『醜いオークの逆襲』において、ヒロインであるイルゼの従順度が二百パーセントに達し、なおかつ、イルゼを除く一人以上のヒロインの従順度が百パーセントの状態でトゥルーエンド直前までシナリオを進めた時に発生する破滅エンド。

——それが、『暗殺エンド』だ。

忘れもしない、僕の前世の記憶。

まだ『醜いオークの逆襲』を始めたばかりで十時間ほどプレイした頃、ようやくトゥルーエンド直前までたどり着いたと思ったのに、ラスボス直前の戦闘パートでいきなり殺されて画面が真っ黒になった、アレだ。

あの時は訳が分からず、何度もＰＣ画面とスマホの攻略ページを見て呆けちゃったなあ……。

結局、サークルの攻略ページにも『暗殺エンド』の条件だけが書かれていて、画面が真っ黒だったこともあってその犯人については一切記載されていなかったんだけど、絶対にあれ、犯人はイルゼだよ。

というか、イルゼだけ従順度の上限が百じゃなくて二百という時点で、お察しだし。完全にヤンデレ特化しているじゃん。

そして、気づいたことはもう一つ。

僕はいつの間にイルゼの従順度を、そんなに上げていたのだろう。思い当たる節が一つもないだけに、恐怖でしかない。

「デュ、デュフフ……もう起きても大丈夫なの？」

「はい、おかげさまで。ところで、どうしてルイ様は、オフィーリア殿下と一緒にいらっしゃるのですか？」

ヒイイイイ⁉　イルゼの瞳、ハイライトが消えている⁉

「ふむ……お主は、ルートヴィヒ殿下の従者でよかったかな？」

「イルゼ＝ヒルデブラントと申します」

そう名乗ると、イルゼが優雅にカーテシーをした。

昨夜のソフィアの時に見せた失礼な態度ではないものの、その藍色の瞳は一切笑っておらず、むしろ氷のような冷たさと、漆黒の夜空のような底なしの深い闇が垣間見えた。

「そうか。ルートヴィヒ殿下のような主君に仕えることができて、お主も果報者だな」

「っ！　……恐れ入ります」

オフィーリアの言葉に、イルゼの瞳から闇が消えた。

ど、どうやら、最悪の事態ということにはならなそうだ。

だけど。

「え、ええと、オフィーリア殿下。それはどういう意味でしょうか……？」

彼女の言葉の意味が分からず、僕はおずおずと尋ねた。

だって、こんな〝醜いオーク〟の従者なんて罰ゲームもいいとこだし、普通は果報者どころか不幸者でしかないと思うんだけど。

「ん？　だってそうではないか。ただでさえあの噂によってよく思われていない中、昨夜のルートヴィヒ殿下は、あのような振る舞いをした。普通は、従者が他国の王族に対して無礼を働いたのであれば、手討ちにしてもおかしくはない。これは、実に愚かな行為だ」

「…………………………」

……オフィーリアは、あの舞踏会の場にいたのか。

なら、同じく他国の王族である彼女が、僕の行動を良く思うわけがない、か……。

「だが」

……え？　『だが』？

「大切な従者の誇りを守るために、たとえ周囲に疎まれようとも、それでもあの行動を示した貴殿に、私は少なからず興味が湧いたよ」

「あ……」

意外だった。

あの直情的な脳筋ヒロインが、こんなことを言うなんて。

「フフ……すっかり身体が冷えてしまった。私はこれで引き上げさせてもらうよ」

「は、はい……」

ニコリ、と微笑んだオフィーリアは、イルゼの肩をポン、と叩き、中庭から去っていった。

「……あのような御方もいらっしゃるのですね」

「うん、そうだね」

まさかプロローグから攻略済みのイルゼを除いて、この帝立学院で最初に僕にいい意味で興味を示したのが、あのオフィーリアだなんて。

「さて……トレーニングを再開しましょう。今日はいつもの倍のメニューでよろしいですね？」

「ヒイイイイ!?」

「返事は『はい』か『イエス』です」

藍色の瞳から再びハイライトが消え、ニタア、と口の端を吊り上げるイルゼ。

何故そんなに機嫌が悪いのか分からないけど、僕は逆らうこともできずにいつも以上に厳しいトレーニングを行った。

ぼ、僕、暗殺される前に死ぬかも……。

「さ、さあ行こうか」

トレーニングと朝食を済ませ、制服に着替えた僕とイルゼは寄宿舎を出ようとしたところで。

「少々お待ちください」

「あ……」

イルゼが傍に寄り、僕のネクタイを直してくれた。

彼女の艶やかな藍色の髪から、いい匂いがするー……。

「はい、終わりました」

「ブヒ？　あ、ああ、ありがとう……」

ついイルゼの匂いに夢中になって嗅いでしまった。僕は変態か？　変態だな。

で、教室にやってくると。

「「「「…………………」」」」

デュフフー、昨日の舞踏会のことがあってか、生徒達が全員こちらを忌々しげに睨んでくるし。

……いや、全員じゃないか。

「やあ、数時間前ぶりだな」

「「「「っ⁉」」」」

気さくに話しかけるオフィーリアを見て、目を丸くする生徒達。まさか彼女がこんな反応を見せるなんて、思ってもみなかったのだろう。

僕だって、朝のことがなかったら驚きを隠せないよ。何なら現在進行形で首を傾げているけど。

「お、おはようございましゅ⁉」

「おはようございます」

とにかく、イルゼを除いて女子から挨拶されるなんて初めてなので、舌を噛んでしまった。

優雅にカーテシーをして挨拶するイルゼとは大違いだ。

すると。

「あら……いつの間にお二人は仲良くなられたんですか？」

「………………………」

にこやかな笑みを浮かべて絡んできたのは、同じクラスの腹黒聖女。呼んでおりませんので、どうぞお引き取りください。

そして後ろに控える聖騎士バティスタ。なんでそんな仏頂面で僕を睨んでくるんだよ。同じ聖騎士のマルコって奴を見習え。彼は興味なさげにクラスの他の女子に目移りしているぞ……って、ちょっと違うか。

大体、いくら聖騎士が『醜いオークの逆襲』では上位クラスのユニットだからって、所詮はモブだからな、モブ。

「ああ。こう見えて実は、ルートヴィヒ殿下とは寄宿舎の中庭で一緒にトレーニングをする仲でな」

「「っ⁉」」

口の端を持ち上げ、そんなことを言い放つオフィーリアに、僕もイルゼも息を呑んだ。

いやいや、たまたま今日居合わせただけですよね？　それとイルゼ、綺麗な瞳からハイライトが消えているよ。怖いからやめてね。

「うふふ、それは羨ましいですね。私も是非ご一緒したいですが……あいにく、朝は主ミネルヴァに祈りを捧げなければなりませんので」

少し残念そうに笑う腹黒聖女と、そのとおりだと力強く相槌を打つバティスタ。マルコに至っては、とうとう聖女の傍を離れて女子に声をかけに行ったよ。働き者だなあ。

　聖女も殊勝なことを言っているけど、実は別のものを信仰していること、知っているんだからね。

「ふむ……聖女であるナタリア殿が鍛錬というのは、イメージが湧かないな」

「そうでしょうか？　主ミネルヴァは豊穣（ほうじょう）の女神であるとともに、戦いの女神でもありますから、こう見えて私もロッドで戦う訓練をしているのですよ？」

　そう言って微笑み合う二人のヒロイン。

　美少女二人の微笑ましくも美しい場面に見えるかもしれないけど、〝狂乱の姫騎士〟と腹黒ビッチの競演なんて、喪男の僕からすれば願い下げもいいところだ。

　……せめて他のヒロイン（ソフィア以外）ならよかったのに、なんでよりによってこの二人が同じクラスなんだよ。

「皆さん、席に着いてください」

「おっと、先生がいらっしゃったようだ」

「そうですね」

　ナウマン先生の登場により、自然とお開きとなり、各々自分の席に戻る。

　あー……ようやく解放されたよ……って。

「え、ええと……？」

「………………………」

相変わらずハイライトの消えた瞳で僕を見つめるイルゼ。いや怖い、怖いよ。

「……ルイ様。明日から中庭でのトレーニングは禁止といたします」

「ブヒ……？」

言っている意味が分からず、僕は思わず豚みたいな声を漏らしてしまった。

「返事は『はい』か『イエス』です」

「は、はい！　教官！」

僕は勢いよく立ち上がると、直立不動で敬礼ポーズをとった。

ハア……イルゼルートを阻止できると思ったのに、まさか本編開始前から破滅エンドが待ち構えているなんて……。

思わぬ伏兵に、僕は机に突っ伏して頭を抱えた。

「九百八十七、九百八十八……」
僕は、中庭……ではなく、寄宿舎の裏で、夜の日課である剣の素振りをしている。
といっても、イルゼ曰く双剣スタイルの僕は、片手で両手剣を軽々扱えるようにならないといけないらしく、今は左手だけで握った剣を必死に振り続けていた。
だけどさあ、イルゼったら訓練用の木剣に細工してあって、重量が通常の五倍もあるんだよね。

今でこそ慣れたからこうやって普通に素振りができるけど、最初は持ち上げるだけで精一杯だったんだから。

「まあ、そのおかげで才能のない僕でも、双剣スタイルにこだわることができるんだけどね」

最後の一千回を振り終えたところで、僕はクスリ、と笑う。

イルゼと一緒に頑張ったあの一年間の特訓、すごくつらかったけど、懐かしいなあ。もちろん、二度とごめんだけど。

「さあて、残る右手も……って」

「ふむ。夜も剣の鍛錬とは、精が出るな」

現れたのは、訓練用の服を着たオフィーリアだった。

それも、これ見よがしに巨大な剣を肩に担いで。

「え、ええと、こんな時間にどうされたんですか？　しかも、わざわざ寄宿舎の裏になんて」

「もちろん、私も夜の鍛錬をしにな。それに、ひょっとしたら貴殿もいるかと思って」

えー、わざわざ僕を捜しにきたの？　イルゼが怒るから、一人にしておいてほしい。そんなこと言えないけど。

「しかし、素振りをするなら、ちゃんと両手で剣を握ったほうがいい。たとえ貴殿が片手剣のスタイルであっても、基本こそが大切だからな」

「は、はあ……」

僕は双剣スタイルなので、両手で剣を握る機会がないんですが。

「どれ、こうしてだな……」

「っ!?」

オフィーリアは僕の後ろに回り、木剣の柄を両手で握らせると、剣の型の手ほどきを始めた。

というか顔がメッチャ近い。距離感がバグってる。

「ここを、こうすると……」

「は、はいい……」

教えることに集中しているオフィーリアは、イルゼにも負けないその大きなお胸様を僕の背中に押しつけたり、二の腕を挟んだりしていることに気づいていないらしい。

とにかく、僕は僕のオークが主張を始めないように必死だった。

「む、聞いているのか?」

「な、何とか……」

心を無にして、かろうじて理性を保った僕は、ようやく密着していたオフィーリアのお胸様が離れたことに、胸を撫で下ろす。

というか、無自覚にこういうことするの、エロゲヒロインあるあるなんだけど、いざ自分がラッキースケベに遭遇すると、喪男的にメンタルにくるね（両方の意味で）。

「ところで、彼女はいないのだな」

「ああー……」

一応、消灯時間になったら僕はすぐに寝るから、イルゼには気にせず休んでほしいと言い聞かせている。

そうじゃないと、イルゼのことだから僕を二十四時間監視しかねないからね。

イルゼに苦労をかけたくないということもあるけど、僕だって一人になりたい時くらいあるし。

一人になって何をするかって？　そんなの、言わなくても分かるよね。そういうことだよ。

「フフ、まあいい。それより、せっかくこうして一緒に鍛錬を行っているのだから、一つ手合わせをしないか？」

「っ⁉」

〝狂乱の姫騎士〟と呼ばれるオフィーリアなら、そういうことを言い出すと思ったよ。

もちろん、答えはノーだ。

「も、申し訳ありません。さすがにオフィーリア殿下と僕では、実力差がありすぎます」

「そうだろうか。少なくとも、朝を含めあれだけ過酷な鍛錬を行っているルートヴィヒ殿下ならば、私とよい試合になると思うのだが」

その表情や口調からも、彼女が本心で言っていることは分かる。

オフィーリアはくっ殺系ポンコツ女騎士枠のキャラ設定らしく、裏表もなく真っ直ぐだなあ。

「ま、まさか！　僕は剣の腕前もイマイチですし、買いかぶりすぎですよ！」

とはいえ、僕にとっては迷惑極まりないので、全力でお断りします。

絶対に酷い目に遭うだろうし、変に関わってオフィーリアルートに入ったりするのも嫌だし。

「そうか……残念だな」

オフィーリアは、あからさまに肩を落とし、チラチラと僕を見てくる。

そんなことしたって、絶対に受けないからね。僕の意志は固いのだ。

「それにしても、本当に噂とは当てにならないものだな」

「そ、そうでしょうか」

「そうだとも。容姿もそうだが、私に配慮した言葉遣いや態度といい、真摯に鍛錬に励む姿といい、話に聞く〝醜いオーク〟……失礼。とにかく、貴殿はそのような輩（やから）では決してないということが、よく分かったよ」

そう言うと、オフィーリアはニコリ、と微笑んだ。

……僕は、そんな彼女の表情を、見たことがある。

『醜いオークの逆襲』でオフィーリア率いるブリント連合王国軍との戦闘において、自軍ユニットの数が三以下の状態で勝利した時、捕らえられた彼女はこう言うのだ。

『我々は敗れてしまったが、存分に戦ったのだ。悔いはない』

と。

その時に見せたオフィーリアの表情こそが、まさに目の前の彼女と同じだった。

おそらく、ゲーム内のオフィーリアも、ルートヴィヒを好敵手として認めた上での発言と表情だったに違いない。

まあ、そんなことはお構いなしに調教パートでルートヴィヒ（エロゲ紳士諸兄）の手によって散々な目に遭わされ、従順なメス犬に変貌を遂げてしまうんだけどね。本当に台無しだよ。

とはいえ。

「デュ、デュフフ……ありがとうございます」

僕はオフィーリアからの評価が嬉しくて、つい照れてしまう。

やっぱり彼女は、僕の知っているあのイケメンオフィーリアだったよ。

「さて……貴殿と手合わせができないのならば、何か別の方法を考えるしかあるまいな」

「？　オフィーリア殿下？」

「フフ、なんでもない」

オフィーリアは大剣を構え、含み笑いをした。

何か不穏なことを言ったような気がするけど、聞かなかったことにしよう。僕は知らない。

「ほら、手合わせはしなくても、鍛錬に集中せねばな。このままでは、夜が明けてしまう」

「そ、そうですね」

ということで、僕とオフィーリアはそれぞれトレーニングの続きをした。

◇◆◇◆◇

「…………………………」

次の日の朝の食堂。

僕は今、能面のように無表情のイルゼと対峙（たいじ）しております。

どうしてかって？　もちろん、昨日の夜にオフィーリアと一緒にトレーニングをしたからだよ。

イルゼもいない中、二人きりで。

いや、教官であるイルゼからすれば、勝手に他の者から指導を受けるっていうことは、プライドを傷つけたと言っても過言ではないかもしれない。

だけど、少なくとも僕はイルゼを除け者にするつもりなんてこれっぽっちもないし、ましてや教官と呼ぶ人は彼女だけだ。

「そ、そのー……昨日は、たまたまオフィーリア殿下がやってきて、それで一緒にトレーニングすることになったんだけど……」

「……そうですか」

あ、駄目だ。イルゼの瞳、ハイライトが消えている。

このままだと、間違いなく刈られてしまうよ。どうしよう。

「も、もちろん、僕はイルゼだけを教官だと思っているし、できれば君を夜遅くまで付き合わせて、迷惑をかけたくないっていうか……」

「……そうですか」

お、表情と言葉は一切変化ないけど、ほんの少しだけ瞳に光が宿ったように思う。頼むから、そうであっておくれ。

「だから、今度からはちゃんとイルゼが一緒の時にしかトレーニングしないし、オフィーリア殿下とも……」

「やあ、ここにいたのか」

タイミングの悪いことに、オフィーリアが笑顔で話しかけてきた。お願いだから空気読んでよ。

「昨夜は楽しかった。だが、こう言っては何だが、貴殿はまずは剣の基本を学んだほうがいいと思うぞ」

「余計なお世話です」

誰に何と言われようと、僕は双剣スタイルを貫く所存。

これだけは、イルゼに指摘されても頑なに拒んできたんだから……って。

「あ……」

「…………………………」

はい、せっかく元に戻りかけていたイルゼの瞳が、ハイライトが消えるどころか黒く染まり始めております。

これはもう、『暗殺エンド』待ったなしだよね。どうしよう。

「ふむ。そういえば、ルートヴィヒ殿下はお主から指導を受けていると言っていたな。となると、それなりの腕前ということなのかな？」

「……ご想像にお任せいたします」

え、なになに？　ひょっとしてこれ、一触即発の状態だったりする？

「ならば、せっかくだから今日の放課後、手合わせしてみないか？　私なら、お主を満足させられると約束しよう」

「ブリント連合王国では、そのような面白い冗談が流行っているのでしょうか？」

獰猛な笑みを浮かべるオフィーリアと、ニタア、と口の端を吊り上げるイルゼ。

台詞だけ聞くと、ちょっと百合が入っているように思うかもしれないけど、戦闘狂と暗殺者は混ぜたら危険。絶対。

「わ、悪いけど、イルゼは忙しいから駄目だよ。そうだよね？　ね！」

僕は二人の間に割って入り、イルゼに念を押す。　お願いだから、空気を読んでください。

「む、ならば貴殿が……」

「そ、そうだった！　僕も放課後は大事な用事があったんだよ！　いやあ、残念だなあ！」

危ない危ない。もう少しで僕が巻き込まれ事故に遭うところだったよ。

というか、僕の双剣スタイルに駄目出しするくせに、なんでこう戦いたがるんだろう。理解に苦しむんだけど。

「……仕方ない。だが、明日は大丈夫だろう？」

「あ、明日かあ……予定がなければね」

「！　うむ！　それで構わん！　約束したぞ！」

オフィーリアは黄金の瞳を輝かせ、手を振って嬉しそうに他の席に着いた。正面の席の綺麗な女子生徒と会話をしているところを見ると、友人みたいだね。

それにしても、残念だなあ。僕は明日、急にお腹が痛くなる予定なんだよ。

「ルイ様。本当に、オフィーリア殿下と試合をなさるおつもりですか？」

「まさか。ただ、今日と明日は、彼女から逃げるために付き合ってくれるかな？」

相変わらずハイライトの消えた瞳で尋ねるイルゼだったけど、僕のその言葉でいつもの様子に戻ってくれた。

ふう……とりあえず、『暗殺エンド』は回避できそうだ。

だけど、僕達は気づいていなかったんだ。

「…………………………」

一人の男子生徒が、僕達のやり取りを見つめていたことを。

「さあ、行こうか」

「はい」

放課後になり、僕は帰り支度をしているイルゼに声をかけた。

僕とイルゼは一応、今日は予定があることになっているからね。呑気にしていたら、オフィーリアに絡まれる可能性大だし。

ということで、念のためオフィーリアの動向を窺うと。

「あれ……？」

彼女は、一人のイケメン男子生徒と会話をしていた。

教室内だし別に不思議ではないんだけど、妙に気になる……。

「ルイ様、早くまいりましょう」

「う、うん、そうだね」

イルゼに急かされ、僕は何度かオフィーリアと男子生徒を見て、教室を出た。

「それで、本日は予定があることになっておりますが、いかがいたしますか？」

「うーん、そうだねえ……」

ごめん、実は何も考えてなかった。

ま、まあ、せっかくだし、たまには息抜きでもすることにしようかな。

ということで。

「うわあああ……！」

僕達は、帝立学院の敷地を抜け出し、帝都の大通りにやってきた。

やはりバルドベルク帝国の中心だけあって、大通りの中央広場は大勢の人で賑わっている。

実は僕、帝都の街を一度訪れてみたかったんだよね。

ほら、前世の記憶を取り戻すまでのルートヴィヒはあの身体だから、当然ながら皇宮の外に出たことがないし、前世の記憶を取り戻して以降も痩せるための特訓で必死だったから、そんな暇はなかったし。

要は、せっかく転生したこの世界を、観光してみたかったのだ。

「そういえば、イルゼは帝都の大通りに来たことはあるの？」

「はい。私の実家は、帝都の外れにありますので」

「そっか」

ふむふむ、これはいいことを聞いた。

イルゼにはいつもお世話になっているし、彼女の実家にきちんと挨拶に行かないといけないね。

彼女のご家族……つまり、ヒルデブラント子爵も、イルゼのことが心配だろうし。

「それにしても、広場には屋台がたくさん出ているんだね。どれも美味しそうだよ」

いい匂いを漂わせている屋台の数々に、僕は思わず釘付けになる。

前世では、お祭りに一緒に行ってくれるような女子は一人もいなかったし、たった一人でお祭りに行くほど惨めなものはないし。チクショウ。

だからこそ、こんな綺麗なイルゼとまるでデートみたいなことをするなんて、僕は奇跡に感謝するどころか、知らないうちに破滅エンドのフラグを立ててしまったんじゃないかと、思わず疑ってしまうよ。

「ルイ様、あちらの屋台はいかがでしょうか。こちらは、フラッペと呼ばれる珍しい飲み物で帝都でも評判の屋台です」

「へえー、そうなんだ」

どうして中世ヨーロッパ風のこの世界にフラッペがあるのか甚だ疑問だけど、ひょっとしたら『醜いオークの逆襲』を作った同人サークルが、何かしらのイベント用に仕込んでいたのかもしれない。

前世では恥ずかしくてカフェに入る勇気もなかった喪男の僕は、当然ながらフラッペなんて飲んだことはなかったよ。

「じゃあ、君がお薦めしてくれたフラッペ、飲んでみようよ」

「はい」

僕達が、そのフラッペの屋台の前までやってくると。

「あらあら、これはルートヴィヒ殿下ではありませんか」

声をかけてきたのは、よりによって腹黒聖女のナタリアだった。

その後ろには、聖騎士で従者のバティスタとマルコが控えている。といっても、マルコは当たり前のようにこの場から逃げようとして、バティスタに首根っこつかまれているけど。

せっかくオフィーリアから逃れるために大通りに来たっていうのに、聖女に出くわしていたら台無しだよ。

「こ、これは聖女様。このような場所でお会いするとは奇遇ですね」

「うふふ、そうですね」

僕の社交辞令に、聖女はにこやかに微笑んで返した。

さあ、これでもう用は済んだよね？　早く僕達の前から立ち去っていただけますでしょうか。

「それで、ルートヴィヒ殿下はひょっとして、こちらをお飲みになるのですか？」

「え、ええとー……」

チラリ、と屋台を見て、聖女が尋ねる。

だけど、どうして彼女はそんなに媚びるような瞳で、ペロリ、と舌なめずりをしたんですかね？

まるで男を誘惑するかのような聖女の仕草に、僕は思わず目を奪われ……たりはしないからね。

『醜いオークの逆襲』を何度も周回クリアしている僕に、色仕掛けは通用しないのだ。

「はい。ルイ様はこれから、私と一緒にこちらのフラッペを飲むのです」

「イルゼ？」

控えていたイルゼが、まるで主張するかのように聖女に告げた。

表面上は普段と変わらない様子なのに、僕にはイルゼがわざとアピールしているように見える。

「そうなのですか？」

「は、はい。こちらのフラッペが美味しいと、イルゼに聞いたものですから」

「そうですか……」

聖女は、少し思案するような仕草を見せると。

「では、せっかくですから私達もいただきますね。ルートヴィヒ殿下、一緒に飲みましょう」

「ええ⁉」

まさかのお誘いに、僕は思わず変な声を上げる。

その瞬間、イルゼの眉が僅かに動いた。

「……聖女様。差し出がましいようですが、よろしいのですか？　後ろのバティスタ様とマルコ様を見る限り、お急ぎのようですが」

イルゼは一歩前に出ると、抑揚のない声で尋ねる。

見ると、確かにイルゼの言うとおり、バティスタは焦った表情をしている。マルコはその隙に、人混みに逃げ込んだけど。

「ええ。主ミネルヴァも、帝国の皇太子であるルートヴィヒ殿下と親睦を深めることは、とてもお喜びになるかと。であれば、自ずと何を優先するべきか、分かりますよね？」

そう言って、聖女は後ろの二人……もとい一人を見やって釘を刺す。

まるで、『分かっているわよね？』と言わんばかりに。

さて……どうやらこの聖女、僕を逃がす気はないようだ。

果たして彼女にどんな思惑があるのか知りたいところだけど、腹黒だけにろくでもないことなんだろうなあ。吐きそう。

「デュ、デュフフ……イルゼ、どうしよっか」

情けないけど、僕はイルゼに判断を委ねた。

もちろんはっきりと断りたいけど、この腹黒聖女は絶対にもっともらしい屁理屈をこねて逃がしてはくれないだろう。残念ながら、喪男の僕は美少女を論破するスキルを持ち合わせていない。

でも、イルゼならひょっとしたら、この状況を打開できる策があるかもしれない。僕はそこに一縷の望みを託したのだ。

「どうして聖女様が、ルイ様とご一緒にフラッペを飲むことが主ミネルヴァの教えに沿うのか分かりません。むしろ、それは聖女という立場を濫用しているようにも見受けられますが？」

「そうですか？　バルドベルク帝国が、ミネルヴァ聖教会と手を取り合う……西方諸国の平和を考えれば、未来の皇帝陛下であるルートヴィヒ殿下と懇意にしたいと考えるのは、聖女としてむしろ当然だと思いますが」

互いに一歩も引かない、イルゼと聖女。

なるほど……今の聖女の台詞で、少しだけ分かったような気がする。

聖女は、いずれ訪れる帝国と西方諸国の各国との戦争が起きる可能性を考慮して、あらかじめ布石を打ってきたんだ。その予想、間違っていないよ。

だけど。

「デュフフ、買いかぶりすぎですよ。僕は確かにバルドベルク帝国の皇太子ですが、必ずしも皇帝になるとは限りませんから」

実際、『醜いオークの逆襲』では、あくまでも皇太子という立場のまま、全てのルートで破滅エンドを迎える。つまり、僕が皇帝の座に即く未来は存在しないということになる。

もちろん、今だって破滅エンドを回避するためにこうやって痩せてみたり、色々と対策を練ってはいるけどね……って。

「え、ええと、イルゼ？」

「………………………」

何故かイルゼは、僕を睨んでいる。

表情こそ普段と変わらないものの、その藍色の瞳は不満ありありなんだけど。

「……分かりました。聖女様も一緒に、フラッペを飲みましょう」

「イルゼ⁉」

驚いた。まさかイルゼが、聖女を受け入れたなんて。

絶対に色々と理由をつけて、何としても断ると思っていたのに。

「うふふ、ありがとうございます。では、早速注文しましょう」

聖女は嬉しそうに微笑むと、屋台のおじさんにフラッペを三つ注文した。マルコは既に逃げ出しているので、一つは無駄になると思うけどね。

「イ、イルゼ。その……よかったの？」

少し心配になり、僕はイルゼに耳打ちする。

ひょっとして彼女に、無理強いをしてしまったのだろうか……。

「もちろんです。次の皇帝陛下となられるルイ様が、ミネルヴァ聖教会の聖女様と政治的に関わりを持つことは当然のことですので」

ああ、そういうことか。

イルゼは元々、ヒルデブラント家の再興のためにその身を差し出したんだ。

だったら、僕が皇帝にならないとそれも果たせないと、そう考えたんだろうね。

だから。

「心配しないで。たとえ僕が皇帝にならなくても、君の実家は僕が絶対に再興してみせるから」

そう言うと、僕はニコリ、と微笑んだ。

僕を生まれ変わらせてくれたイルゼに恩返しもしないなんて、そんなことはしないよ。

これは、たとえ破滅エンドを迎えたとしても、絶対に果たしてみせる……って。

「……もう。そういうことではありませんのに」

あれ？　違った？

僕はてっきり、ヒルデブラント家を何とかしたいってことだと思ったんだけどなあ。

「それより、私達も注文を済ませましょう。ルイ様はどれにいたしますか？」

「えーと、そうだねえ……」

僕は屋台に掲げられている札を、しげしげと眺める。

ふむ……『季節の果物のフラッペ』のトールサイズにしようかな。

「じゃあ、僕はこれで」

「はいよ」

屋台のおじさんは、魔法で凍らせてあるイチゴやバナナといった果物を手際よく砕き、そこに牛乳とハチミツを入れてかき混ぜると、生クリームで綺麗にトッピングした。

僕がたまたま土曜の朝の情報番組で見たフラッペも、確かにこんな感じだったよ。

出来上がっていくフラッペを見つめ、満足げに頷いていると。

「はい、お待ちどお！」

「「…………………………」」

差し出されたのは、ストローを二本差したフラッペだった。

「え、ええとー……」

「？　どうかしたかい？」

「い、いえ……」

屋台のおじさんに不思議そうな顔をされ、僕は何も言えずにフラッペを受け取る。

でも、これってそういう意味だよね？

「デュ、デュフフ……イルゼも注文……」

「いえ。こちらのフラッペは、きっと二人で飲むものだと思います。これ以上は不要かと」

「ですよねー……」

イルゼに次の注文を進めようとして食い気味に詰め寄られ、僕はただ頷くしかなかった。

だ、だけど、本当にいいのかなあ……。

「イルゼさん。もしよろしければ、私のフラッペを差し上げますが」

「丁重に、お断りいたします」

シレッとフラッペを差し出す聖女に、お辞儀をするイルゼ。

どこか勝ち誇っているように見えるのは気のせいだろうか。

「さあ、ルイ様。フラッペは、冷たいうちに飲むのが一番ですので、早く飲みましょう」

「そ、そうだね」

イルゼに促されるまま、僕がストローに口をつけると。

「あ……」

目の前には、イルゼの綺麗な顔があった。メッチャ近いんだけど、どうしよう。

緊張で、僕はフラッペを飲む前に、ごくり、と唾を飲む……んだけど。

「イ、イルゼ……？」

「なんでしょうか」

今、イルゼもフラッペじゃなくて、唾を飲み込んだよね？

つまり、彼女も緊張しているってことなのかな……。

「ルイ様、早く飲みましょう」

「う、うん。では……」

覚悟を決め、フラッペを口に含むと。

「っ！」

冷たくて甘くて、すごく美味しい！

うわあああ……！　こんなことなら、前世でも飲んでおくんだったよ！

「イルゼ！　美味しいね！」

「はい！」

彼女も同じみたいで、ストローを咥えたまま顔を綻ばせる。

普段はあまり表情を崩さないだけに、その破壊力は抜群だ。

「うふふ。私のフラッペも美味しいです。ルートヴィヒ殿下、飲んでみませんか？」

「だ、大丈夫です」

さりげなく間接キスを狙ってくる聖女。あざとい。

「そんなに美味しいのであれば、そちらの御方にお譲りしてはいかがでしょうか」

「あらあ……バティスタは、自分のフラッペでお腹いっぱいみたいです。残念ですね」

「…………………………」

……なんだか、バティスタが可哀想になってきた。

「……聖女様、さすがにこれ以上は……」

「ふう、仕方ありませんね」

おずおずと声をかけるバティスタに、聖女はジト目で睨んで溜息を吐く。

やっぱり、こんなところで油を売る余裕はなかったみたいだ。

「では、また明日教室で」

「失礼します」

「………………………」

聖女といつの間にか戻ってきていたマルコが軽くお辞儀をするのとは対照的に、仏頂面のバティスタ。

入学式の日にぶつかってきた時の態度といい、絶対にアイツ、僕のこと嫌いだよね。

「ふ、二人だけになっちゃったね」

「そうですね」

聖女達がいなくなった途端、僕は緊張してしまう。

元々二人だけだったし、それに、イルゼとは一年前からずっと一緒にいたわけだから、今さらなんだけど。

でも。

「…………………………ふふ」

夕日に照らされて、時折微笑むイルゼに、僕は釘付けになる。

正直、喪男で〝醜いオーク〟の僕に付き合って、イルゼみたいな綺麗な女性（ひと）が一緒にフラッペを飲んでくれているなんて、これなんて奇跡？

「その……ルイ様……？」

「ブヒ!?　あ、ああいや、その……ごめん」

イルゼに少し困ったような表情で声をかけられ、僕は我に返った途端、恥ずかしさのあまり顔を逸らした。

ああもう……今の僕、絶対に顔が真っ赤だよ……。

だけど……楽しいなあ。

イルゼにとっては従者としての仕事の一環でしかないだろうけど、なんだか本当にデートしているみたいだ。

デートした経験、一度もないけど。

い、いやでも、ラブコメラノベとか漫画でこういうシーンをメッチャ読んできたし、何ならアニメとかゲームでも経験済みだし。知識だけなら負けないから。

「うん……本当に、デートみたいだよね……」

やっぱり嬉しくて、僕はまた同じことを考えながら顔を綻ばせる……んだけど。

「え、ええと……イルゼ、どうしたの？」

「あ、あうあうあう……」

何故かイルゼはあわあわしていて、夕陽なんかよりももっと顔が赤くなって、それでいて藍色の瞳がすごく潤んでいて。

ヤバイ、アニメ化したラブコメヒロインなんかの数百倍……いや、数億倍可愛い。

これが、二次元と三次元の差なのか……って、イルゼは元々同人エロゲのヒロインなんだから、二次元……いやいや、ここは現実だから三次元……あれ？　どっちだろう？

でも。

「「あ……」」

僕もイルゼも、空になったコップの底を眺め、声を漏らした。

楽しかった時間は、フラッペがなくなると同時に、終わりを告げてしまったんだ。

「デュ、デュフフ！　なくなっちゃったし、そろそろ寄宿舎に帰ろうか！」

寂しさを紛らわすために、僕は明るく大きな声で、精一杯おどけてみせた。

すると。

——ギュ。

「あ……」

「そ、その……帰るまでがデート、ですから……」

恥ずかしそうに、イルゼが僕の手を握ってくれた。

だ、だけど今、『デート』って言ったよね……？

「さ、さあ、帰りましょう。遅くなっては、今夜のトレーニングに響いてしまいます」

「あっ、ちょっ⁉」

強めに手を引かれ、慌てて足並みを揃えて隣を歩く。

た、多分聞き違いだと思うけど、それでも……万に一つでも、イルゼもそう思ってくれたんだったら、その……嬉しいなあ。

「ねえ、イルゼ」

「は、はい……」

「また大通りに来たら、フラッペ、一緒に飲もうね」

「はい……必ず。約束、ですよ……？」

「うん……」

僕とイルゼはお互いにギュ、と手を握り、いつもより少しゆっくり歩いて帰路に就いた。

◇◆◇◆◇

「むむ……」

「…………………………」

はい。腕組みして仁王立ちするオフィーリアの前で、僕とイルゼは小さくなっております。

というかあの腹黒聖女、どうしてフラッペを飲んだことをオフィーリアに話すかなあ。おかげで嘘がバレちゃったじゃないか。

「ふう……まあ私も、貴殿達がそのフラッペとやらを聖女殿と一緒に飲んでいたということしか聞いていないし、その前後で実際に用事があったのかもしれないからな」

「「…………………」」

深く息を吐くオフィーリアに、僕達はますます恐縮してしまう。

すみません、なんの用事もありませんでした。

「とにかく、この話はここまでにしよう。それより、今日も鍛錬を行うのだろう？」

「え、ええ」

「ならば、早くしようではないか」

やっぱり、今日も一緒にトレーニングする気なのか。

今朝のようにイルゼが機嫌を損なわないか、おそるおそる彼女の様子を窺うと。

「ルイ様、始めましょう」

ホッ……どうやら、問題ないみたいだ。むしろ、いつもよりも機嫌がいいように見えるよ。

ということで、僕達はいつものトレーニングをこなす。

「しかし、やはり今日も手合わせはしてもらえないか……」

「そ、その……このトレーニングは欠かせませんので。申し訳ありません」

落ち込むオフィーリアに、僕は愛想笑いを浮かべて許しを請う。

まあ、明日以降もお断りするけどね。

「オフィーリア殿下は、どうしてそこまで、戦うことにこだわるのですか？」

イルゼが、オフィーリアに尋ねる。

彼女が何故戦うかって？　もちろん、脳筋の戦闘狂（バトルマニア）だからだよ。

「む……ルートヴィヒ殿下、失礼なことを考えていないか？」

「ブヒッ!?　ま、まさか！　そんなわけないじゃないですか！」

ジト目で睨まれ、僕は慌てて否定した。

というか、どうして考えていることが読まれたんだ？

「……まあいい。それはもちろん、強い者と戦いたいからだ」

ほら、やっぱり『そこに山があるから』と同じノリじゃないか。やっぱり脳筋の戦闘狂（バトルマニア）だよ。

「それと……剣を交えれば、心底（しんてい）を測れるからな。その者のことを知るには、これが一番だ」

「……そうですか」

発想は脳筋だけど、一応は理由があったんだなあ。

とはいえ、『醜いオークの逆襲』でも最強の一角を担うオフィーリアと、一対一で互角に戦える者なんて、ほぼいないじゃん。

オフィーリアの攻略は、遠距離から魔法でチマチマ削るのが一番だからね。僕もオフィーリア戦では、あの腹黒聖女と、エスタニア魔導王国のヒロインを使用してよくＲＴＡしてたっけ。

「だからこそ私は、貴殿のことを知りたい。〝醜いオーク〟と呼ばれる、ルートヴィヒ殿下の本当の姿を」

そう言って、僕を真っ直ぐに見つめるオフィーリア。

夜空の月よりも輝く黄金の瞳から、僕も目を離せないでいた。

「さて……では私は、そろそろ失礼しよう。また、明日」

「え、ええ……お疲れ様でした」

「お疲れ様でした」

大剣を肩に担ぎ、オフィーリアは寄宿舎の中へ入っていく。

そんな彼女の背中を見つめ、僕は妙な胸騒ぎを覚えた。

「では、午前の授業はこれまでとします」

イルゼと一緒にフラッペを飲んだ日から、一週間後。

ナウマン先生の言葉で午前の授業が終了し、ようやく昼休みに入る。

いやあ……今朝のトレーニングが厳しくて、耐え切れずに思いきり居眠りしてしまった。

というか、オフィーリアが絡んでくるようになってから、イルゼの僕への風当たりがきついんだけど。

　おかげでトレーニング量は倍々ゲームみたいに増えていくし、このままじゃ、『醜いオークの逆襲』の本編が始まる前に破滅エンドを迎えそうです。

「……イルゼも同じだけトレーニングしているはずなのに、よく平気だね」

「私は、幼い頃から訓練を受けてきましたので」

　ジト目を向けて皮肉を言っているのに、気にする様子は一切ないね。

　まあでも……。

「？　ルイ様、いかがなさいましたか？」

「いや、君が僕に仕えてくれて、本当に幸せだってことだよ」

「っ⁉」

　そう告げると、何故かイルゼはプイ、と顔を背けてしまった。

　あー……〝醜いオーク〟のくせにそんな台詞を吐いて、勘違いするなってことかなー。

　いや、もしくは感謝が足らないと、怒っているのかもしれない。どうしよう。

「ル、ルイ様、昼休みも短いですので、早く行きましょう」

「わっ⁉」

　顔を伏せたままのイルゼに腕を思いきり引っ張られ、引きずられるように食堂へ向かった。イルゼ、やっぱり力が強いなあ。

　すると。

「あ……」

「…………………………」

イルゼが突然立ち止まったので見てみると、向こうからソフィアが歩いてくる。

で、その後ろにいるイケメンな男子生徒は……。

「ルイ様、どうかなさいましたか？」

「ああいや、ソフィアの隣にいる従者なんだけど……」

僕は、気になったことをイルゼに耳打ちする。

あの従者、一週間前にオフィーリアと会話していたんだよね。

多分、僕のあることないことを吹き込んでいたんだろう。ソフィアはそういうの、好きみたいだし。趣味が悪い。

「……まあだけど、オフィーリア殿下の態度は今までと変わらないし、多分大丈夫だと思うよ」

「そうですね。それで……いかがなさいますか？」

イルゼは頷くと、僕の顔を覗き込んで尋ねる。

できればソフィアと顔を合わせたくないし、何なら今すぐ逃げ出したい。

だけど。

「いいよ、このまま行こう」

「よろしいのですか？」

「うん。相手にするつもりはないけど、それでも、ここで僕が避けちゃいけないと思うんだ。そうじゃなきゃ、君を侮辱したあの女の言葉を認めることになってしまう」

「あ……」

そうだよ。僕はあの時のあの行動が間違っているなんて思っていない。

むしろ、ここで逃げたりなんかしたら、大切なイルゼを裏切ることになる。

僕は……それだけは絶対にしたくない。

「……あなた様で、本当によかった……（ポツリ）」

「イルゼ？」

「何でもありません。では、まいりましょう」

「うん」

僕がイルゼの手をギュ、と強く握りしめると、彼女もまた同じように握り返してくれた。

そして、あの女と従者を無視しながら、その横を通り過ぎる、んだけど……。

「……何も言ってこなかったね」

「はい……」

一応、今回はイルゼも殺気を抑えてくれたし、できる限り絡まないようにというつもりではあったけど、何とも拍子抜けだなあ。

先日のことを考えたら、土下座くらい要求してくると思ったんだけど。

「ルイ様、もうあのような者のことなど、よろしいではありませんか。それより、早くまいりましょう」

「う、うん……」

どこか機嫌のよさそうなイルゼに手を引かれ、僕は首を傾げつつも彼女と一緒に食堂へ向かった。

「「…………………………」」

食堂に入ろうとする僕を、敵意を剥き出しにして睨んで入り口を塞ぐ生徒達。

それこそ、学年や性別、身分に関係なく。

嫌われているのは承知の上だけど、それにしてもこれはちょっと酷くない？　仮にも僕、この国の皇太子だよ？

「……ルイ様、どうかこの者達を粛清する許可を、この私めにお与えください」

「い、いやいや、ちょっと待って!?」

今にも制服の下のダガーナイフを抜こうとするイルゼを、僕は必死に止める。

確かにこの生徒達の態度は不敬極まりないし、処罰されても仕方ないけど、だからといってそんなことをしたら、オットー皇帝……いや、ゲームのルートヴィヒと同じじゃないか。

「君達、これはどういうつもりなんだ？　これじゃ、僕達が昼食を摂れないじゃないか」

逃げ出したくなる気持ちを奮い立たせ、努めて冷静にそう告げる僕。

ただでさえコミュニケーション能力が低いのに、喪男の僕がこんな大勢を相手にするなんてキャパオーバーです。帰りたい。

「ここで貴様のような〝醜いオーク〟が食事をする資格はない！」

「「「「そうだそうだ！」」」」

集団の後ろから大声で放たれた言葉に、全員が同調する声を上げる。

うわー……誰が言ったか分からないようにして、全員で吊るし上げるこのパターン……ＳＮＳで炎上する時と同じだなあ。

こういうのって、自分は正しいって勘違いしている上に、匿名性もあってより攻撃的になったりするんだよね……。

「デュフフー、ダサ」

「「「「っ！　何だと！」」」」

ヤバ、つい本音が漏れた。

「確かにルイ様のおっしゃるとおりです。陰にこそこそ隠れ、安全な場所から罵るこの連中は、とても王侯貴族の出とは思えませんね」

「言わせておけば……っ！」

僕と、冷ややかな視線を送るイルゼを忌々しげに睨む生徒達。

でも、さすがにさらに踏み込んで非難するのはまずいということは理解しているようで、それ以上のことはしてこない。

だけど。

「ルートヴィヒ殿下！　見損なったぞ！」

それでも何も考えずに平気で踏み込んでくる脳筋ヒロインが、この学院にいるんだよなあ……。

人混みをかき分けて僕達の前に現れた、目の前のオフィーリアのように。

「お、落ち着いてください。そもそもあなたまでどうしたんですか？」

「どうしたもこうしたもあるか！　聞いたぞ！　貴殿が……いや、貴様が舞踏会のあった日の夜、その件で物申しに行ったソフィア殿下を辱め、穢そうとしたことを！」

「はああああああああッッッ⁉」

オフィーリアの口から放たれた言葉に、僕は絶叫した。

ゲームのルートヴィヒならともかく、なんで僕が⁉　しかも、あんな女なんかを⁉

「なな、何かの間違いです！　僕は舞踏会の一件以降、彼女に会ったりなんてしてませんよ⁉」

「しらを切るな！　従者のトーマスは、『自分が気づいて止めに入らなかったら、どうなっていたか分からなかった』と言っていたぞ！」

従者のトーマスって、さっきすれ違ったあのソフィアの従者か。

ひょっとして、一週間前に接触していたのは、この時のための布石としてオフィーリアと関係を築き、信用させるためだったのか。

用意周到というか、なかなか狡猾（こうかつ）じゃないか。

「いやいや、トーマスという男がソフィアの従者だってことは、さっき廊下ですれ違って初めて知ったんですけど」

何なら、名前はたった今知りましたけど。

「見苦しい……！　貴様は、噂に聞くようなそんな男じゃないと、そう思っていたのに……っ」

「だ、だから本当にそんなことしてませんから！　あの日の僕は、朝までイルゼと一緒にいましたし！」

そうだよ。僕はイルゼと一緒のベッドにいたおかげで、緊張で一睡もできなかったんだから……って。

「やっぱり……」

「なあんだ。結局あの女、噂どおり〝醜いオーク〟の慰み者だったんじゃない」

「だったら、他の噂も事実だった、ってことだよな」

しまった……余計なことを言ったせいで、逆に誤解を生む結果に……。

「い、言っておきますが、僕はイルゼに手を出したことなんてない！　あの日だって、ただ一緒にいただけです！」

「それを、この私に信じろと？」

オフィーリアは黄金の瞳で僕を見据える。

まるで、僕の心の内を見透かすように。

といっても、本当にやましいことなんて何もないから、全然問題ないけど。

「……よかろう」

「っ！　じゃ、じゃあ！」

「貴様の言葉が真実か、それとも嘘なのか、我が剣で確かめてやる！」

「なんでそうなるんですか⁉」

ああもう！　この脳筋ヒロインめ！

大体、剣で確かめるって、どうせ一騎討ちだろ！　コッチは知っているんだよ！

「フン。剣を交えれば、その相手の心底を測れるというもの」

「いやいやいやいやいや⁉　ちょっと待って⁉」

「む、なんだ？」

腕組みしてウンウン、と頷くオフィーリアを制止すると、彼女はジロリ、と訝しげに睨む。

「そ、そもそも、オフィーリア殿下も僕の双剣の技術はご存じでしょう！　フェアじゃありませんよ！」

「そうか？　なら、貴様の従者であるイルゼも加えた二対一でも構わんぞ」

そう言うと、オフィーリアはニヤリ、と口の端を持ち上げた。

僕とイルゼの二人がかりでも問題ないって、そう考えているんだな。

「受けないのであれば、貴様のしたことは全て事実。そして、従者のイルゼは〝醜いオーク〟の慰み者ということだ」

「っ！」

煽るように言い放ったオフィーリアを、僕は思わず睨みつけた。

僕はいい……僕はあの〝醜いオーク〟で、何もしなければゲームと同様、西方諸国の国々を攻め滅ぼしてヒロインを凌辱する、そんな最低の人物なのだから。

でも……イルゼを貶したことだけは絶対に許せない。

彼女はもっと優しくて、純粋で、穢れてなくて、僕の傍にいてくれることが奇跡と思えるような、そんな素晴らしい女性（ひと）なんだ。

だから。

「……分かったよ」

「…………………………」

「貴様との一騎討ち、このルートヴィヒ＝フォン＝バルドベルクが受けてやる！　そして、イルゼを侮辱したことを、絶対に謝罪させてやる！」

「言ったな！　ならば今日の授業が終わった後、訓練場で待っているぞ！」

そう告げると、もう用はないとばかりに、オフィーリアは悠々（ゆうゆう）とこの場から去っていった。

「ル、ルイ様！　あのような要求、お受けになる必要は……っ!?」

「駄目だよイルゼ。それじゃ、君が侮辱されたままになっちゃう」

必死に詰め寄るイルゼの唇を、僕は人差し指で塞いでニコリ、と微笑んだ。

そうだよ……こんな僕の傍にいるせいで、君が理不尽な思いをすることが、どうしても許せないんだ。

「それに、僕はオフィーリア殿下に負けるつもりなんてない。僕達は勝って、絶対に君を侮辱したことを、後悔させてみせるよ」

「ルイ様……っ」

僕の制服の裾をつまみ、肩を震わせるイルゼ。

そんな彼女の姿を見て、俄然やる気がみなぎってきたよ。

「だから……勝とう、イルゼ」

「はい！」

顔を上げ、藍色の瞳を潤ませるイルゼと見つめ合うと、僕達は強く頷き合った。

一日の授業が終わり、僕はイルゼとともに寄宿舎へと一旦帰る。

もちろん、オフィーリアとの一騎討ちに必要となる、僕だけの武器を取りに行くために。

「デュフフ……とうとうこの刀を抜く時が来たか」

クローゼットの奥にしまってある二振りの刀を取り出し、僕は口の端を持ち上げた。

そう……これこそが、僕の専用武器である〝双刃桜花〟。皇太子の特権を最大限活用して、特注で作らせたものだ。

名前の由来は、もちろん前世でプレイしていたゲームで使用していた武器の名前だったりする。

「さあ、急いで訓練場へ向かおう。僕達が逃げたなんて思われるのは、癪だからね」

今すぐ逃げたい気持ちを必死に抑え、僕はイルゼに微笑みかけた。

「はい。ルイ様は、私がこの命に代えてもお守りいたします」

「いやいや、命に代えたら駄目だって」

それに、守る役割は僕の務めだし。

といっても、オフィーリアの攻撃を受け止めるだけ、なんだけどね。

うう……あの脳筋ヒロイン、絶対に手加減したりしないだろうなあ……。

「ルイ様……」

「な、何でもない！　早く行こう！」

心配そうに見つめるイルゼの手を取り、僕達がオフィーリアの待つ訓練場に到着すると。

「フフ……逃げずによく来たな」

中央で、杖代わりにした大剣の柄頭に両手に添え、オフィーリアは不敵に笑う。

というか、このギャラリーの多さはなんなんだ？

どう考えても昼休みの食堂にいた生徒の数の数倍……いや、ひょっとしたら全校生徒いるんじゃない？

「……それだけ、ルイ様があの女に叩きのめされる姿を見たい、ということでしょう」

「お願い、切なくなるから言わないで」

そっと耳打ちをするイルゼに、僕は表情を変えずに懇願した。

味方なんて誰一人いないことは分かっていたけど、いざ目の当たりにすると心が折れそうです。

「ほう？　その腰にある二本の刀……なかなかのものだな」

「分かるんですか？」

「もちろんだ。武に生きる私が、業物を見逃すはずがない」

ゲームの中では、ルートヴィヒに調教されて快楽に生きるけどね。

だけど……うん、分かってはいたけど、オフィーリアはやっぱり強そうだ。逃げたい。

「では、始めようか」

オフィーリアが鞘から剣を抜き、上段に構えた。

その黄金の瞳を、爛々と輝かせて。

「イルゼ……下がっていて」

「ルイ様、どうかご無理なさいませぬよう」

そう言い残し、イルゼは音もなく僕から離れて観客の中に紛れていった。

デュフフー……無理するなって言われても、無理するしかないよね。

そうじゃないと……僕は、目の前の〝狂乱の姫騎士〟に勝てないから。

「ふう……」

大きく息を吐き、僕も双刃桜花を抜く。

「さあ……かかってこい！」

「よくぞ言った！」

僕の言葉を合図に、オフィーリアは大きく足を踏み出した。

「はああああああああああッッッ！」

雄叫びとともに、全速力で突進してくるオフィーリア。

あまりの気迫に膝は笑うし、何なら僕の顔も引きつって変な笑い方をしてますが何か？

「フンッッッ！」

――ガギギギギギギギギギギッッッ！

オフィーリアが横薙ぎにした大剣を、僕は十字に構えた二本の刀で受け止める。

とんでもない威力に吹き飛ばされそうになるけど、何とか踏みとどまることができた。

痩せるために行ってきたイルゼとの特訓の成果が、ちゃんと活かされている証拠だ。

というか、ダイエット目的のトレーニングが、どうして戦闘スキルを上げることに繋がるのかは甚だ疑問だけど。

「フ、フフ……まさか私の全力の攻撃を受け止めるとは思わなかったぞ」

「デュ、デュフフ……僕もびっくりです」

嬉しそうに口の端を持ち上げるオフィーリアとは対照的に、僕は恐怖で背筋が凍りそうです。

刀を握る両手だって、今の一撃でしびれまくって今にも落としてしまいそうだし。

それにしても、ゲームの戦闘パートではただの置物でしかない〝醜いオーク〟の僕が、なんで積極的に戦っているんだって話だよ。

ゲームなら、ちゃんとヒロインとモブユニット達が守ってくれるのになあ……って⁉

「おおおおおおおおおおおおッッッ！」

考える余裕を与えてすらくれず、オフィーリアが息もつかせない連撃を放つ。

あんな重そうな大剣を、よくもまあ小枝でも振り回すみたいにできるなあ。

――ギャリッ！　ギインッ！

大剣と刀のぶつかり合う金属音が、訓練場に響き渡る。

普通、双剣スタイルの僕のほうが攻撃速度は速いはずなのに、全然反撃できない。

とはいえ、僕がすることはオフィーリアの攻撃をひたすら耐え抜くだけ。

それこそが、彼女に勝つ唯一の方法だから、
開始から五分くらいは経っただろうか。

ずっと重い大剣を振り回していたこともあり、オフィーリアに疲れの色が見え始める。

僕？　僕はさっきから疲労困憊ですがなにか？

「すう……はあ……」

「……？」

オフィーリアは連撃を止めて距離を取ると、深呼吸を繰り返した。

「フフ……私の攻撃をここまで受け切ったのは、貴様が初めてだ」

「そうですか」

クスリ、と微笑む彼女に、僕は短く答えた。

本音を言えば、『ここでやめにしませんか？』と全力で言いたいところだけど、それじゃイルゼが侮辱された事実だけが残り、うやむやになってしまう。

だから僕は……僕達は、彼女に勝つしかないんだ。

「開始からずっと防御に徹しているから、この立ち合いもすぐに終わるかと思ったが……まさかここまで善戦し、楽しませてくれるとは思わなかったぞ」

「それはどうも」

こっちはギリギリで攻撃を受け止め続けているから、少しも楽しくないんですけどね。

でも……オフィーリアの剣を振るう姿に、気高さと美しさを感じた。

ひたすら防御しないといけないのに、思わず彼女に見入ってしまい、動きが一瞬止まってしまうようなことも何度かあった。

認めたくないけど、彼女だって『醜いオークの逆襲』の押しも押されもせぬメインヒロインの一人、なんだよな……。

だからって、イルゼを侮辱したことは絶対に許さないけど。

「それで？　オフィーリア殿下の攻撃はこれでおしまいですか？　このとおり僕は無傷ですし、まだまだ元気ですけど」

そう言って煽ってみるけど、本当は両腕も腹筋も脚も、全身が『もう無理』って悲鳴を上げていますけどね。

「面白い！　なら……これを受け切れるか！」

「っ⁉」

オフィーリアは大剣を水平に構え、両脚を広げて思いきり身体を捻じる。

これは……必殺スキル、【ストームブレイカー】か！

「全てを斬り裂く、このオフィーリア＝オブ＝ブリント全身全霊の剣、受けてみるがいいッッッ！」

その全身からみなぎる気迫を全て両腕……いや、大剣に込めて、オフィーリアは吠える。

それは絶対的強者の……獅子（しし）の咆哮（ほうこう）だった。

さあ……ここが正念場だ。

彼女の渾身（こんしん）の一撃、絶対に受け止めてみせるッッッ！

「ストーム……ブレイカアアアアアアアアッッッ！」

「っ!?」

必殺の技の名前を叫び、オフィーリアは大剣を振るう。

僕は恐怖で震え、カチカチと鳴る歯を思いきり食いしばった。

そして。

「うああああああああああああああッッッ!?」

僕は……衝撃で空高く吹き飛ばされた。

これこそ、【ストームブレイカー】のスキル効果。

オフィーリアの半径三マス内にいるユニット全てに極大ダメージを与え、さらに十マス先へと弾（はじ）き飛ばす、必殺の剣。

宙を舞い、僕は大剣を振り切った体勢でこちらを見上げているオフィーリアの姿を見据える。

これで。

——僕達の、勝ちだ。


「っ⁉」

大勢の観客の中から飛び出した、藍色の髪の女子生徒。

僕の大切な女性、イルゼが高速で肉薄し、硬直したままのオフィーリアの脚を絡ませ、地面に倒す。

「……終わりです」

マウントを取ったイルゼは制服の下からダガーナイフを抜き、抵抗を見せないどころかピクリとも動かないオフィーリアの眼前で振りかぶった。

——ドスン。

「イテッ⁉」

背中から地面に叩きつけられる格好になった僕は、思わず声を上げてしまった。

いや、一応受け身はとったけど、あれだけ高い所から落ちたら、それなりに痛いんだぞ？

こんなの、普段から三階建ての高さから落ちて受け身を取る練習をしてないと、下手をしたら死ぬから。

いやあ、ここでもイルゼの特訓の成果が……って⁉

「【エクストラヒール】！」

突然、可愛らしい声の叫びとともに、まばゆい光のエフェクトが僕の身体を包んだ。

え？　え？　これって……ひょっとして。

「うふふ、お身体はいかがですか？」

振り返ると、クスクスと笑う腹黒聖女が従者のバティスタと一緒にそこにいた。

「あ、あのー……これは？」

「さすがにあのような高さから落ちたら致命傷は避けられないでしょうし、それ以前にオフィーリア殿下のすさまじい一撃を受けたのですから」

ああー、なるほど。

一応、僕のために聖女が回復魔法をかけてくれたってことか。

でも、いくらなんでも上級回復魔法の【エクストラヒール】はやりすぎのような気がする。

だって僕の怪我、背中の打ち身くらいしかなかったし。

「で、ですが、どうして僕を助けようとしてくれたんですか？　僕は〝醜いオーク〟なのに……」

「たまたまこの近くにおりましたので。そう、たまたまです」

腹黒聖女が、ニコリ、と微笑む。

たまたまって言っているけど、涼しげな表情とは裏腹にメッチャ肩で息をしているし。

……腹黒聖女だから何か意図がありそうだけど、とりあえず。

「そ、その、助けていただき、ありがとうございました」

「うふふ、どういたしまして。それよりルートヴィヒ殿下、あちらはよろしいのですか？」

「ブヒ？　あちら？　……ってえっ⁉」

イルゼが今まさにオフィーリアの息の根を止めようとしてるううううう⁉

「ま、待ってえええええええええええッッッ！」

腹黒聖女へのお辞儀の体勢から、僕は大声で叫んでイルゼとオフィーリアの元へ全速力で駆け寄った。

「っ！　ルイ様、ご無事でしたか！」

「聖女様が回復魔法をかけてくれたから、僕なら大丈夫。それより、これ以上手出しする必要はないよ」

振り返るイルゼの、ダガーナイフを握る両手を押さえて止める。

ふう……危うくイルゼがとどめを刺しちゃうところだったよ……。

「……まさかとは思うが、貴様……いや、貴様達は、これを最初から狙っていたのか？」

黄金の瞳でこちらを見据えるオフィーリアに、僕は無言で頷いた。

そう……彼女の必殺スキル、【ストームブレイカー】は高火力で付与効果も高い反面、弱点がある。

それは、敵に極大ダメージを与えて弾き飛ばした後、二ターン行動不能に陥ってしまうというもの。

そのことを前世でプレイヤーだった僕は当然知っていて、この技を引き出すためにひたすら守りに徹していた……というか、僕にはそれしかできなかった。

下手に攻撃を仕掛けたりなんてしようものなら、僕は大剣をこの身体に叩きつけられて、一騎討ちは即終了していたはずだ。

そしてもう一つ。

オフィーリアは、僕達に確かに言った。

『そうか？　なら、貴様の従者であるイルゼも加えた二対一でも構わんぞ』

だから、【ストームブレイカー】を放った後の硬直を狙えば、凄腕(すごうで)の実力者であるイルゼなら、簡単に倒すことが可能なんだ。

とはいえ。

「おい……これって卑怯じゃないか？」

「そうだ。元々はオフィーリア殿下と〝醜いオーク〟との一騎討ちってことだろう」

「卑劣で卑怯で、最低な〝醜いオーク〟のやりそうなことだわ」

……まあ、こうなることも予想はしていたけどね。だけど、卑怯で結構。

僕は絶対にオフィーリアを倒さなければならなかった。

イルゼの、名誉を守るために。

「……か・え・れ、か・え・れ」

観客の中から、男子生徒の一人が呟く。

「そうだ！　卑怯者は帰れ！」

「ここに〝醜いオーク〟の居場所なんてないのよ！」

「「「「か・え・れ！　か・え・れ！　か・え・れ！」」」」

それが大きなうねりとなり、訓練場に怒号と帰れコールが巻き起こった。

デュフフー、帰れも何も、帰る先は貴様達と同じ寄宿舎なんだけど。

まるで余裕ぶって苦笑を浮かべているけど、こういう炎上案件はかなりメンタルやられます。

だから前世でも、ＳＮＳは嫌いだったんだよなあ。

その時。

「黙れえええええええええええええッッッ！」

「「「「っ⁉」」」」

そんな観客の声をいとも簡単にかき消してしまうほどのオフィーリアの絶叫が、訓練場にこだました。

「貴様等、この私とルートヴィヒ殿下の正々堂々の勝負を愚弄するのかッッッ！」

……驚いたな。

僕はオフィーリアから、多少なりともクレームを受けると思っていた。

あれは言葉のあやと言われても、おかしくないものだし。

もちろん、そんなことを言い出したら全力で『二対一でＯＫだと言った』とアピールして、無理やり認めさせるつもりではいたけど。

「で、ですがオフィーリア殿下、あんなものは無効ですし、そもそも二対一なんて卑怯……」

「まだ言うか！　私は最初から二対一での戦いを認めていた！　そして、ルートヴィヒ殿下はルールに則(のっと)って戦い、勝利したのだ！　私達の戦いに、貴様等が口を挟む余地などない！」

「「「「…………………………」」」」

鬼の形相のオフィーリアに睨まれ、観客達は全員押し黙ってしまった。

この性格、『醜いオークの逆襲』と一緒だな。

何よりも武を重んじ、真っ直ぐで、純粋で、高潔な、最高の攻撃力を誇るヒロイン。

オフィーリア＝オブ＝ブリント、その女性(ひと)だ。

「フン。あの連中のせいで、せっかくの貴殿達との戦いが台無しになってしまった。だが……ルートヴィヒ殿下、イルゼ、見事だったぞ」

そう言って立ち上がると、オフィーリアは凛々(りり)しさを湛えた微笑みを見せた。

うわあ、なにこのイケメン。僕よりも圧倒的にイケメンが過ぎる。

「イルゼ……私はお主に、最低のことを言ってしまった。どうか、許してはもらえないだろうか。このとおりだ」

「……お気になさらずとも結構です」

深々と頭を下げるオフィーリアに、イルゼは表情も変えず、抑揚のない声で返した。

い、一応、謝罪は受け入れたということでいいのかな？　いいんだよね？

「ルートヴィヒ殿下」

「ブヒ⁉　あ、は、はい！」

　突然声をかけられ、僕は思わず挙動不審になってしまった。

「フフ……この私の全身全霊の一撃をそのように全て受け止められては、二対一でなくとも私は負けていただろうな……」

「い、いいえ、そのようなことは……」

「謙遜しないでいただきたい。そして、私の剣を受け止めた貴殿の言葉こそが真実であると、この私は信じよう。だが、ここにいる他の者達は、そうは思ってはおらん」

「…………………」

　……まあ、それに関しては今さらだけどね。

　大体、最初から〝醜いオーク〟の言葉が本当か嘘かなんて関係なく、ただ気に入らないだけなんだから。

「そこで、だ。この際なので、真偽のほどを誰の目や耳にも分かるようにしようじゃないか。クラリス」

「はっ！」

　オフィーリアが観客のほうへ向けて声をかけると、腰に剣を携えた一人の女子生徒が男子の首根っこを捕まえて現れた。

　あの女の子、確か教室でオフィーリアと会話していた……というか、従者だったんだな。

　だとすると、剣のデザインからしてブリント連合王国限定の上位ユニット、『親衛隊』みたいだ。

　でもって、あの男はソフィアの従者のトーマスだよね。まあ、そういうことか。

「あうっ⁉」

「さて、トーマス……先日、貴様はこの私に確かに言ったな？『舞踏会のあった日の夜、その件で物申しに行ったソフィア殿下をルートヴィヒ殿下が辱め、穢そうとした』と」

　クラリスという女子生徒に地面に組み伏せられるトーマスを、その前に立つオフィーリアは見下ろして問い質す。

「どうなのだ？　早く答えろ」

「そ、それは、その……」

　黄金の瞳に睨まれ、慄いた表情のトーマスが顔を逸らした。

　この反応だけで、コイツが嘘を吹き込んだのだとはっきり分かる。

「つまり、あろうことかこのオフィーリア＝オブ＝ブリントに嘘を吐いた……そういうことでいいのだな？」

「い、いや、嘘というわけでは……」

「ルートヴィヒ殿下。この男の話では、ソフィア殿下を襲おうとした貴殿をこの男が止めたとのことだが」

　僕のほうを見やり、オフィーリアが口の端を持ち上げた。

「まさか。食堂でも言ったとおり、僕はこの男がソフィア王女の従者だということを今日初めて知ったんです。絶対にあり得ません」

「だそうだが？」

「うう……」

威圧感が半端ないオフィーリアの低い声に、トーマスは呻く。

さすがにこれは他国からの留学生とはいえ、王族を騙し、皇族を陥れたとして処刑されてもおかしくはない。

僕だって、この男のせいでイルゼが罵られ、辱められたんだ。絶対に許すつもりはない。

二度と、こんなことが起こらないようにしないと。

「で、まんまとこの男に踊らされた気分はどうだ？」

「「「「…………………」」」」

観客を見回し、オフィーリアは無言の圧力をかける。

さすがにバツが悪いのか、観客達は一様に視線を逸らし、顔を伏せた。

「オフィーリア殿下。この者は先程の戦いが終わった後も、観客を煽って焚きつけておりました」

「ハア……やれやれ、最低だな」

オフィーリアの従者である女子生徒……クラリスさんの報告を受け、オフィーリアは額を押さえてかぶりを振った。

すると。

「お待ちください」

観客の中から、トーマスの主君……ソフィアが現れた。

それを見た瞬間、トーマスの表情に笑みが零れる。

おそらく、主人であるあの女が自分を助けてくれる、そう思っているんだろう。

それに、今回の件はソフィアの指示でしでかしたことだろうし。

だけど……それで収拾がつくなんて、本気で思っているのかな？　思っているんだろうな。

「何か用かな、ソフィア殿下」

「はい……そちらの、トーマスの件についてですわ」

「ほう……？」

憂いを帯びた表情を浮かべるソフィアを、オフィーリアは興味深そうに見つめる。

もちろん僕も、ソフィアがこの後どうするのか、非常に興味深いとも。

「だが、このトーマスはあろうことか嘘を吹聴してバルドベルク帝国の皇太子、ルートヴィヒ殿下を陥れようと画策し、ブリント連合王国第四王女であるこの私をも謀ったのだ。悪いが貴殿の話を聞くつもりはない」

「ええ、もちろんそれは存じ上げておりますわ」

オフィーリアの言葉にも動じず、ソフィアは澄ました表情で答えた。

じゃあ、何しに現れたんだ？

「私が申し上げたいのは、この私のあずかり知らないところで、これだけの無礼を働いたトーマスは、ベルガ王国の恥。汚名をそそぐためにも、是非とも極刑にしてくださいますかしら」

「っ！」

ソフィアの放った言葉に、僕は怒りを覚える。

正直、僕はソフィアがこのトーマスを切り捨てるだろうことは予想していた。

だけど、だからって平気な顔をして命で償えだなんて、従者として仕えてくれた者に対して、どうしてそんなことが言えるんだ。

しかも、自分が命じたくせに。

「よいのか？　ならば、この場で即刻首を刎ねてやるが」

「ええ、構いません」

「で、殿下⁉　それはあんまりです！　俺は……俺は、あなたのために！」

「私のために、なんですか？」

「っ⁉　……………………」

冷たい視線を向けられ、トーマスは唇を噛んでうつむいてしまった。

ひょっとしたら、何か弱みでも握られているのかもしれない。

例えば、ベルガ王国の実家が人質に取られていて、それで従者として従わざるを得ない、とか。

イルゼが、実家の支援を条件に僕に仕えているように。

「よかろう……と言いたいところだが、最も侮辱されたのはルートヴィヒ殿下であり、従者のイルゼだ。なら、この男の処罰はルートヴィヒ殿下に委ねるのが筋というものだな」

ええー……まさか、ここで僕に振るんですか？

この男に思うところはありますが、正直相手にするのも面倒なので勘弁してほしい。

「ルイ様、始末いたしますか？」

「よしイルゼ、一旦落ち着こうか」

ダガーナイフを取り出して殺る気満々のイルゼを、とりあえずなだめる。

オフィーリアもそうだけど、なんでこの世界の人間は一切躊躇（ちゅうちょ）がないんだよ。

「トーマス」

「…………………………」

「貴様のしたことは、この国の皇太子として到底許せるものじゃない。それは、貴様に迎合して騒いだ、観客である他の生徒達もだ」

「「「「っ!?」」」」

当たり前じゃないか。

騙されたから関係ありませんなんて、通用するとでも思っているのかな？

「とはいえ、それを判断するのは僕じゃなく、このバルドベルク帝国の司法が判断すべきと考えている。だから、今回のことは全て司法に委ねることにするよ」

まあ、トーマスはともかく、観客の生徒達にはお咎（とが）めはないだろうな。というか、生徒達の実家のこともあるから、そんなことをしたら帝国が崩壊する。

なので、精々（せいぜい）実家の貴族家に対して厳重注意が関の山かな。

だけど。

「トーマス。これから取り調べが行われることになるが、それは全て非公開だ。つまり……貴様が供述したことは、国内は当然のこと、ベルガ王国にも決して漏れることはない」

「っ⁉　……………………」

デュフフ。ソフィアの奴、メッチャ僕のこと睨んでいるし。

そりゃそうだよね。トーマスが裏切って本当のことを話したら、自分の立場が危うくなるんだからさ。

でもオマエは、それをトーマスのせいにすることはできない。

だって、オマエには取り調べに関与する術はないのだから。

「さすがです、ルイ様」

「デュフフ、ありがとう」

少し興奮した様子で頷くイルゼ。

彼女にも満足してもらえたようで何よりだ。

「フフ……ルートヴィヒ殿下、見事な裁きだった。そして、観客の中には、イルゼや私の従者のクラリス、それにトーマスのような従者も多くいるだろう」

「「「「…………………」」」」

「なら、よく見ておくのだ。あの舞踏会での出来事を踏まえた結果の、それぞれの従者の顛末を」

オフィーリアが観客達に語りかけると、彼らはうつむいてしまった。

ただし、今後の身の振り方について真剣に悩む従者と、従者の反抗を恐れる主人という、それぞれ違う理由でだけど。

特に。

「……………………」

観客の中から、僕を射抜く視線。

それは、生徒会長のエレオノーラだった。

図らずも舞踏会での彼女の言葉が裏目に出たんだから、悔しいだろうなあ。知らないけど。

と、思ったんだけど。

――ふ……。

エレオノーラが表情を緩め、一瞬微笑んだ？

ええー……これ、どういう意味だろう。

ま、まあいいや。それよりも。

「オフィーリア殿下……ひょっとしてですが、最初から……」

「フフ、さあな」

含み笑いをするばかりで、答えてくれないオフィーリア。

チクショウ。脳筋ヒロインのくせに、格好いいじゃないか。

「さて、もうこんな時間だ。私は引き上げるとしよう」

オフィーリアは大剣を鞘に納め、肩に担いで訓練場の出口へと向かう。

そして。

「ルートヴィヒ＝フォン＝バルドベルク！　貴殿の本当の姿、しかと見せてもらったぞ！」

「失礼します」

「あ……」

左拳を突き上げ、お辞儀をするクラリスさんを連れて訓練場を出ていった。

というか、何あのイケメン。本気で惚れそうなんだけど。

「ルートヴィヒ殿下、何度も言うが貴殿には双剣を扱うより、盾による防御を主体とした戦闘スタイルのほうが似合っていると思うのだが……」

「いいんです、これで」

晴れやかな朝の寄宿舎の中庭。

オフィーリアが僕の双剣スタイルを見て余計なお世話を焼くのは、これで何度目だろうか。

「オフィーリア殿下、ルイ様にもっと言ってあげてください。私もそれは何度も指摘しているのですが……」

頬に手を当ててイルゼが溜息を漏らす。

というか、イルゼとオフィーリアって、いつの間にか仲良くなっているよね？　どういうこと？

「いいんです。たとえ向いていなくても、双剣スタイルで戦うことに意義があるんです」

そうとも。たとえ二人が認めてくれなくても、僕はこのスタイルを貫いてみせるぞ。

前世だって、片手剣やランスのほうがボスモンスターを楽に倒せたけど、それでも最後は双剣でマスターランクにまでたどり着いたんだから。

「ま、まあ、これ以上は何も言わないが……」

どうやら、今日のところは渋々諦めてくれたみたいだ。

明日になったら忘れて、また同じこと言ってくるだろうけど。

「そういえばオフィーリア殿下、クラリス様から伺いましたが、また生徒達が来られたとか……」

「ああ。本当に、迷惑な話だよ」

イルゼの問いかけに、オフィーリア殿下は苦虫を噛み潰したような表情でかぶりを振った。

あの一騎討ちを行ってから一か月が経ち、僕達の周囲はそれなりに変化した。

まず、僕は宣言どおり帝立学院を警備する兵士達に指示をして、主犯となるトーマスを司法の手に委ねた。

その結果、トーマスはバルドベルク帝国から永久追放となり、路銀なども持たされず着の身着のままの状態で放り出された。

西のベルガ王国とは反対の、東の国境へ。

しかも、そのことはベルガ王国には伝えられておらず、ソフィアにも知らされていない。

永久追放だから帝国内を突っ切って最短距離を進むこともできないし、帝国の領土は広大だからね。迂回するにしても故郷に帰るのに何年かかるのかなあ。知らんけど。

次に、トーマスに迎合して騒いだ観客の生徒達についてだけど、案の定、彼等の実家に対して皇室から厳重注意がなされる程度で済んだ。

でも、今回の失態で皇帝から疎まれることを恐れた実家サイドから、かなり厳しい処分を受けた生徒もいるみたいで、中には廃嫡の憂き目にあった子息令嬢もちらほら。

そんな目に遭ってようやく理解したのか、生徒達が僕やイルゼに対して誹謗中傷や失礼な態度をとったりするようなことはなくなった。

とはいえ、それは僕達に対して無視を決め込むようになっただけで、その視線は相変わらず感じ悪いけど。

それよりも、一番不思議だったのはソフィアの扱いだ。

トーマスは極刑を免れようと、取り調べで今回の顛末の一部始終を白状した。

にもかかわらず、帝国のソフィアに対しての処分どころかベルガ王国への抗議や皇室・学院からの注意すらなかったんだ。

オットー皇帝の性格なら、ベルガ王国に宣戦布告してもおかしくないくらいなんだけど……。

「ふう……一か月前の私と貴殿の戦いから何も学んでいないのだから、始末に負えんよ」

「デュ、デュフフー……」

深く息を吐いて肩を竦めるオフィーリアに、僕は苦笑いするばかりだ。

だけど、確かに彼女の言うとおり何も学んでないよなあ。

だって、あの連中ときたら、『〝醜いオーク〟に関わったら品位を損なう』だの『オフィーリア殿下は騙されている』だの、そんなことばかりオフィーリアに吹き込んでいるのだから。

というか、その会話が僕に筒抜けだとなんで思わないんだ？　馬鹿なのかな？　馬鹿なんだろうな。

「まあ、僕としては直接絡まれるわけではないので、陰口くらいは目を瞑りますよ」

これがイルゼの悪口だったら、絶対に追い込んでやるけど。

すると。

「うふふ、どうやら間に合いましたね」

……今日に限って、腹黒聖女まで参加してきたよ。

この腹黒聖女、僕とオフィーリアの一騎討ち以降、こうやってたまに朝のトレーニングに顔を出すようになった。

厄介なヒロインに目をつけられた……というか、絶対に裏があるとしか思えない。

「聖女様、日課の主ミネルヴァへのお祈りはよろしいのですか？」

「もちろん、主へのお祈りは済ませております」

イルゼが冷たい視線を向けながら抑揚のない声で問いかけるけど、腹黒聖女はこれっぽっちも意に介さない。

　というか、よくイルゼのあの絶対零度の視線に耐えられるなあ。僕なら確実に部屋の隅っこで膝を抱えて震えて泣くのに。

「ルートヴィヒ殿下も、私がいたほうがよろしいですよね？」

「「っ⁉」」

　いやいやいや⁉　待って待って待って⁉

　この腹黒聖女、なんで僕の腕にしがみついてくるの⁉

「……本日はお日柄もよく、聖女様の命日に相応しいかと」

「せ、聖女様！　今すぐその汚らしい男からお離れください！」

　ニタア、と口の端を吊り上げ、おもむろにダガーナイフを取り出すイルゼと、僕に剣の切っ先を向けて騒ぐモブ聖騎士（バティスタ）。一方で、もう一人の聖騎士マルコはつまらなそうにキョロキョロと周囲を見回していた。相変わらず、ご苦労様だな。

　僕？　僕は腹黒聖女のお胸様と耳元への吐息攻撃（ブレス）という、厄介なデバフをかけられて身動きがとれませんが何か？

　だけど。

「「「あっ！」」」

　何とかスタン状態から復帰して腹黒聖女から脱出すると、二振りの愛刀すらも置き去りにしてこの場から退散した。

こんなの、喪男の僕には無理ゲーすぎる。

幕間

■オフィーリア＝オブ＝ブリント視点

——最初は、口先だけの取るに足らない男だと思っていた。

ルートヴィヒ＝フォン＝バルドベルクの噂については、二年前より聞き及んでいる。

醜いオークのように肥え太っており、自分一人で動くことすらままならない巨体。

性格も外見同様醜く、卑劣で、卑怯で、冷酷。

婚約を結ぶ予定だった他国の姫君に対し、面会のその場で己の欲望に任せて押し倒そうとしたという話もある。

後に聞いた話だが、バルドベルク帝国は第四王女であるこの私にも、縁談を申し込んできたらしく、父上や王太子をはじめとした三人の兄上は激怒して帝国の使者を門前払いし、既に嫁いでいる二人の姉と結婚間近の姉からも心配される始末。

ルートヴィヒ殿下の噂が聞くに堪えないものしかないので、家族のそのような反応も頷ける。

……まあ、私が兄弟姉妹の末子ということもあって、相手がルートヴィヒ殿下でなかったとしても同じ反応だとは思うが。

そのせいで、私は未だに婚約者もいないのだから。

おっと、話が逸れてしまった。

とにかく、帝国に来るまでのルートヴィヒ殿下の評価はそんなもので、留学中に関わるようなことはないだろう。そう思っていた。

だが……入学式で見たルートヴィヒ殿下の容姿は、噂に聞いていたものとはかけ離れていた。

身長は百七十にも満たず、肥え太っているどころかむしろ一般的な同年代の男性よりも痩せているように見えた。

何より、あどけなさと愛くるしさを残したその顔は、あのような噂がなければ令嬢達から引く手数多だったであろうことは容易に想像できた。

とはいえ、いくら見た目が変わろうが、中身が噂どおり〝醜いオーク〟なら同じこと。

新入生、在校生にかかわらず、ルートヴィヒ殿下に向けられる視線は、まさに〝醜いオーク〟に対するものだった。

それなのに。

『皆さんには、この学院で本当の僕を知っていただきたいと思います。その上で、本当に僕が身も心も〝醜いオーク〟なのかどうか、これからの三年間でどうぞご自身の目で、耳で判断してください』

意外だった。

少なくとも私には、ルートヴィヒ殿下の人柄が噂のようなものとは思えなかった。

『フン……口では何とでも言えるよな』

『見た目が変わったからって、信じられないわ』

『ひょっとして、〝醜いオーク〟の影武者だったりして』

……何とも言いたい放題だな。

自国の皇太子に対し、そのような言葉を吐くとは。

周囲の新入生達の言葉に呆れつつも、私とてルートヴィヒ殿下の容姿や言葉を鵜呑（うの）みにしているわけではない。

いずれにせよ、彼は『本当の自分』を見てほしいと言ったのだ。

なら、これからの三年間で見極めるとしよう。

なあに、私とルートヴィヒ殿下は図らずも同じクラスになったのだ。

そのための時間はたくさんあるのだから。


「そう考えていた矢先、だったのだがな……」

「ぬおおおおお……死ぬ……死んでしまう……っ」

「ルイ様、あと少しです。頑張ってください」

今日もいつものように寄宿舎の壁をよじ登っているルートヴィヒ殿下と、壁を高速で走って先に上へとたどり着き声援を送るイルゼを見て、苦笑する。

一か月前の彼との一騎討ちで、私は『本当の彼』をまざまざと見せつけられた。

ブリント連合王国では誰一人として受け止めることのできなかった私の攻撃を、彼は全て受け切ってみせたのだ。

あの、【ストームブレイカー】さえも。

しかも、それを二本の刀で受け止めたのだから、なお驚きだ。

それなのに彼ときたら、防御だけは誰よりもすごい能力を持っているのに、攻撃は平凡。

彼に合った防御中心のスタイルを何度提案しても、双剣に妙にこだわりを持つルートヴィヒ殿下は聞く耳も持たず、イルゼとともにどうしたものかと首を捻る(ひね)ばかりだ。

そして、もう一つ分かったことがある。

あの【ストームブレイカー】を彼が受け止めた時に感じた、異様な重さと感触。

まるで、巨大な岩の……いや、巨大な鋼鉄の塊に剣撃を加えたかのような、そんな感覚。

後(のち)にルートヴィヒ殿下とイルゼに聞いた時には、さらに驚いたものだ。

何故なら、彼の体重は痩せる前と変わらず、あの痩身でありながら三百キロ以上もあるのだから。

フフ……そういえばイルゼが言っていたな。

『ルイ様は、その身にまとっていた肉体の全てに圧縮を重ね、誰も持ちえない高密度の身体に生まれ変わりました』

と。

どうすればそのような身体へと作り替えることができるのかと疑問に思ったが、イルゼ曰く、ルートヴィヒ殿下の身体が特別なのだそうだ。

何でも、バルドベルク帝国の長い歴史において、ルートヴィヒ殿下と同じ体質の皇帝が一人だけいたらしく、おそらくはその血を色濃く受け継いだのだろうというのが、イルゼの見解だ。

目の前で行われているトレーニングについても、その過去の皇帝が行っていた訓練方法だったらしい。

ん？　そのような重要なことを、どうしてイルゼから教えてもらえたのか、だと？

理由は簡単、私は彼女と取引をしたのだ。

彼女の想いが少しでも叶うように、ブリント連合王国第四王女として力を貸す、と。

というより、結ばれることはあり得ないことは承知しているものの、それでも健気な彼女に報われてほしいという、私の我儘みたいなものだな。

「うふふ……オフィーリア殿下、楽しそうですね」

「フフ、そう見えるか？」

「はい」

隣に来た聖女殿の言葉に、私も微笑みで返す。

ああ、そのとおりだ。私は今、この上なく楽しい。

ルートヴィヒ殿下のその身体の秘密に加え、従者を慮る優しさと高潔な精神。

世間の〝醜いオーク〟という評価とは正反対の彼の姿に、心が躍るのは仕方ないというもの。

これから帝立学院で、彼がどのような姿を見せるのか。
私は、その目撃者となろうではないか。
そして……願わくば、成長した彼と再び剣を交えたいものだ。
もちろん、次は負けるつもりはないがな。
愛剣〝カレトヴルッフ〟の柄を握りしめ、私は頬を緩めた。

第三章　腹黒聖女　ナタリア＝シルベストリ

「ルートヴィヒ殿下。今日の放課後は、もちろん私の剣術の稽古に付き合うんだろう？」

いやいや、オフィーリアは黄金の瞳をキラキラと輝かせて、一体何を言っているんだろうね。せっかくのランチタイムが台無しだ。

というか、そもそも僕は前世でもインドア派なんだよ？　それなのに脳筋ヒロインと二人っきりの稽古なんて、そんなのただの罰ゲーム……とも言い切れないか。一応、メインヒロインだし。

でも、残念ながら『醜いオークの逆襲』には好感度のパラメータはない（従順度と身体の部位ごとの快楽度のみ）ので、特に意味ないよね。

「ということで、悪いけど僕は遠慮しますよ」

「『ということで』とはどういうことなのだ⁉」

ああもう、面倒くさいなあ……これじゃゆっくり昼食も摂れないんだけど。

「ルイ様、やはりこれからは、昼食は別の場所でお摂りになられたほうがよろしいかと」

「イルゼまで冷たくないか⁉」

澄ました表情で辛辣に言い放つイルゼに、オフィーリアが泣きそうな顔になる。

これが〝狂乱の姫騎士〟の素顔だと知ったら、『醜いオークの逆襲』のユーザーはさぞがっかり……するどころか大歓喜だろうなあ。ポンコツ可愛いとか言って、もてはやしそう。

くっ殺系姫騎士がポンコツなのは、むしろ鉄板だもんね。

すると。

「うふふ……でしたら今日は、私と二人きりで街にでも出かけませんか？」

「ブヒ⁉」

いきなり後ろから現れた腹黒聖女が、耳元に息を吹きかけてきましたよ。

敏感なので、お手柔らかにしていただきたいところ。

だけど、この聖女もよく絡んでくるようになったよね。ヒロイン達のフラグを立てたくない僕としては、できる限り接触を避けたいんだけど。

おかげで。

「貴様！　聖女様から離れろ！」

「それを僕に言うのはお門違いじゃない⁉」

とまあ、聖騎士のバティスタが、こうやって嫉妬丸出しにして僕にウザ絡みしてくるまでがワンセットだ。

僕としては、彼にはもう一人の聖騎士で同僚のマルコを見習ってほしいところだよ。

「……ルイ様。この者達を始末いたしますか？」

「よしイルゼ、一旦落ち着こうか」

聖女とバティスタに向けて殺気を放つイルゼを、僕は必死になだめる。

オフィーリアとは仲良くできるのに、イルゼにとって聖女は相容れない存在のようだ。

「あらあら、バティスタもイルゼさんも、仕方ないですね」

そんなことはお構いなしに、聖女は僕から離れようとせず、相変わらず耳元でささやいた。

だから、お願いだから離れてください。

「ところで、ルートヴィヒ殿下に折り入ってお願いがあるのですが……」

視線を落とし、憂いを帯びた表情で告げる腹黒聖女。あざとい上に、絶対にろくでもない案件であることは間違いなさそう。

もちろん、全力でお断りする所存。

「申し訳ありませんが、僕ではお役に立てそうもありません」

「実は今度、バルドベルク帝国の貧民街において、教会主催で炊き出しを行いたいと考えているのですが、ご協力いただけないでしょうか」

いや、僕はっきりと断ったよね。それなのに、どうして説明を始めたのかな。

とはいえ、お願いの内容は意外とまともだった。

「ふむ……ルートヴィヒ殿下、それなら聖女殿に協力するのもやぶさかではないのでは？」

顎に手を当て、そんなことを言うオフィーリア。あなたは無関係なんだから、首を突っ込まないでほしい。

だけど、確かにそれなら、協力することも……というより、バルドベルク帝国の皇太子として、自ら行うべきだよね。

「分かりました。是非ともお手伝いさせてください。いえ、むしろ帝国のためにそのように申し出てくださり、皇太子として心から感謝いたします」

そう言うと、僕は聖女に深々と頭を下げた。

「うふふ、そう言っていただき、ありがとうございます。では、日時や詳細については、改めてご説明いたします」

「よろしくお願いします」

ということで、聖女はバティスタと女子生徒のグループにちょっかいをかけているマルコを連れ、食堂を出て……ゆかずに、今日のランチが載ったトレイを持って僕の隣に座ったんですけど。

「それで、日程については……」

いや、改めてってこういう意味？　普通は時間を置いて準備を整えてからなんじゃないの？

僕は仕方ないので、ハイライトの消えた瞳で睨み続けるイルゼに恐怖しつつ、腹黒聖女の説明を受けた。

唯一の救いは、時折僕の二の腕に触れる、腹黒聖女のお胸様の柔らかい感触だけだったよ。

「どうぞ、こちらにお並びください」

「最後尾はここだ！　ちゃんと全員に行き渡るだけあるから、慌てるな！」

オフィーリアの従者のクラリスさんとバティスタが、貧民街の住民達を誘導する。

腹黒聖女に誘われた炊き出しはかなり盛況で、器に野菜スープをよそう僕の前でも、薄汚れたおじさんが今か今かと待ちわびていた。

「ど、どうぞ、お待たせしました！」

「っ！」

おじさんはお礼も言わずに、僕から器をひったくって野菜スープを口の中にかき込む。

それだけ、お腹が空いていたのだろう。

「ハア……」

「む、どうした？」

隣で毛布を配っていたオフィーリアが、僕の溜息に気づいたらしく、声をかけてきた。

「いやあ……この帝国内に、こんなに苦しんでいる人がいるんだと思うと、やりきれないっていうか、もどかしいっていうか……」

僕だって、〝醜いオーク〟ではあるもののバルドベルク帝国の皇太子。貧困に喘ぐ人がいるのに、何もできない自分に思うところがないわけじゃない。

しかも、人々が苦しんでいる最大の理由は、帝国が軍国主義に大きく舵を切ったせいだ。

今はまだ、軍備拡張に着手し始めたところだから、そこまで顕在化していないけど、間違いなくそのしわ寄せがきている。

僕が次の皇帝になれるのか……いや、それ以前に『醜いオークの逆襲』ではあり得なかった、破滅エンドを回避してルートヴィヒ生存エンドを迎えることができるのか、それは分からない。

でも、もし僕が生き残れたら……。

「……僕、頑張ってみようかな」

「いいのではないか？　ルートヴィヒ殿下ならば、この国をよい方向に進めることができると、私は信じているぞ」

「デュ、デュフフ……」

微笑むオフィーリアの言葉に、僕は思わず照れ笑いした。

自分には大したことはできないかもしれないし、そもそも誰かを助けている余裕はないけど、それでも、こんな僕でも何かできるかもしれない。

そういう意味では、僕の背中を押してくれたオフィーリアと、帝国の実情に気づかせてくれた聖女には、感謝しないといけないかな。

「うふふ、どうぞ」

「ありがとうございます……ありがとうございます……」

涙を流して感謝している子連れのおばさんに笑顔でパンを渡す聖女を見て、僕は拳を握って強く決意を……って。

「え、ええとー……」

「……少々付き合ってもらおう」

「ちょ⁉」

いつの間にか僕の後ろにいたバティスタが、僕の腕を引っ張る……が、残念ながら僕の体重は三百キロ以上。案の定、ピクリとも動かなかった。

だけど、イルゼやオフィーリアなら、僕を易々(やすやす)と引きずることができるんだから、とんでもないよね。恐るべしヒロイン達。

「て、抵抗しようというのか！」

「いやいや、僕は何もしていないよ。それより、僕は野菜スープを皆さんに配らないといけないんだ。君に付き合っている余裕はないよ」

今日は教会主催の炊き出しだっていうのに、聖騎士のコイツがサボらせようとしてどうするんだよ。というか働け。

「な、ならば、炊き出しが終わったらそこの裏まで来い！　分かったな！」

そう言って、バティスタは僕から離れて住民達の誘導に戻っていった。結局、アイツは何がしたかったんだろう。

「オフィーリア殿下。あれ、どう思います？」

「ふむ……何だろうな」

僕とオフィーリアは顔を見合わせ、首を傾げた。

「ええとー……イルゼは向こうで待っていてくれても……」

「いいえ。ルイ様をお一人にするわけにはまいりません」

夕方になり、一通り配給を終えたので、僕はバティスタの待つ建物の裏へ向かおうとしたんだけど、イルゼがついてくると言って聞かない。

まあ、別にアイツも一人でとは言っていなかったからね。たとえバティスタが嫌がっても、知ったことではないのだ。

ということで。

「やあ、待たせたね」

「……何故、従者も一緒なのだ」

やってくるなり、不機嫌そうな顔をするバティスタ。イルゼが一緒にいるのがお気に召さないらしい。

その隣にはマルコもおり、苦笑して手を挙げた。

「別にいいじゃないか。仮にイルゼに席を外してもらったとしても、後で彼女に詳しく話すから一緒だよ。それより、一体何の用かな？」

「フン……決まっている。聖女様のことだ」

バティスタは鼻を鳴らし、そう告げる。

それにしても、相変わらず僕への態度が酷いなあ。一応、この国の皇太子なんだけど。

とはいえ、ミネルヴァ聖教会は教皇アグリタ＝マンツィオーネを中心として西方諸国一円で活動する、巨大な宗教組織だ。

信者の数もすさまじく、ただの一国家程度では歯牙にもかけないほどの勢力を誇っている。

ならバティスタのように、自分が偉くなったと勘違いして、増長してしまうような者がいても不思議じゃないか。

実際、このバティスタですら下手に手を出してしまえば、ミネルヴァ聖教会側から何を言われるか分かったものじゃないからね。

「いいか、ルートヴィヒ＝フォン＝バルドベルク。聖女様は、いずれこの西方諸国を正しく導くという使命を背負っておられるのだ。貴様のような存在に、あの御方の進む道の障害になってもらっては困るのだ」

ああ、そういうこと。そんなことだろうとは思っていたけど。

つまり、〝醜いオーク〟の僕が聖女に関わったら、その権威に傷がつくとでも言いたいんだろうな。堅物そうなバティスタの考えそうなことだ。

「それでしたら、あなたが聖女様をお止めすればよいのでは？　そもそも、聖女様によって迷惑を被っているのはルイ様のほうです」

藍色の瞳に闇を湛え、イルゼが冷たく言い放つ。

確かに、僕としては腹黒聖女と関わり合いになりたくはない。だって、聖女ルートに入ったら、僕は西方諸国の全ての国を敵に回すことになるのだから。

だけど。

「いずれにせよ、それを決めるのは僕ではなくて聖女様だよ。僕から聖女様と距離を置くつもりはない」

「「っ⁉」」

その言葉に、バティスタだけでなくイルゼも息を呑んだ。

勘違いしないでほしいけど、決してあの聖女と関わるって意味じゃないからね？

でも、今日の炊き出しに参加して、ちょっとだけあの聖女を見直したことは事実だけど。ただの腹黒ビッチじゃなかった。

……まあ、それは『醜いオークの逆襲』をプレイして、知ってはいるんだけどね。

「話はそれだけ？　だったら、僕はこれで失礼するよ」

「わ、忘れるな！　この俺は、決して貴様を……〝醜いオーク〟を認めはしない！　あの御方はこの乱れた世界をお救いになる、主ミネルヴァの生まれ変わりなのだ！　全ての民を導かなければならんのだ！」

いや、別に認めてもらわなくても結構なんだけど。それより、ヤンデレもここまでくると迷惑だよね。聖女可哀想……って。

「クハ……ルートヴィヒ殿下がそんなことを言うなんて、意外ですねえ」

「……マルコ君、でいいんだよね。どういう意味かな？」

「そのままの意味ですよ」

そう言って、マルコは肩を竦める。

僕としても、働き者の君がそんなことを言うなんて意外だったよ。てっきりバティスタと同じく、聖女との接触に反対するかと思っていたからね。

「イルゼ、行こう」

「……はい」

忌々しげに睨むバティスタと口の端を持ち上げるマルコを置き去りにし、僕とイルゼはその場から立ち去った。

「ふう……今夜の鍛錬はここまでにしよう」

オフィーリアがトレーニング終了を告げる。

いや、なんでオフィーリアが仕切っているんだよ。というか、いつから一緒にトレーニングすることが当たり前になっているのかな？　誰か教えてくれ。

「イルゼ、今日もありがとうね」

「いえ。ルイ様の教官として、当然ですので」

なんて抑揚のない声で言っているけど、イルゼがほんの少しだけ口元を緩めたの、僕は見逃さないよ。

感謝の気持ちは、ちゃんと言葉にして伝えないとね。こういうことの積み重ねが、破滅エンド回避に繋がっていくのだ。

「それじゃ、身体が冷えて風邪を引いてもいけないから、早く部屋に帰ろう」

ということで、僕達は寄宿舎の中へ……って。

――フリフリ。

……建物の陰から、姿は見せないけど女子が手招きしているんだけど。

察するに、僕にだけ用件があるみたいだ。

さて……僕は、この誘いに乗るべきだろうか。普通に考えたら、怪しいことこの上ない。

ただでさえ僕は、学院内に多くの敵を抱えているのだ。これが罠である可能性は非常に高い。

でも。

「？　ルイ様、いかがなされましたか？」

「い、いや、ちょっと忘れ物をしちゃったみたいだから、二人は先に部屋に帰って。お疲れ様」

「は、はあ……お疲れ様でした」

「うむ、お疲れ」

イルゼは首を傾げつつも、オフィーリアと一緒に寄宿舎の中へ入っていった。

すると。

「うふふ、お止めして申し訳ありません」

現れたのは、聖女だった。

というか、いつもならわざわざこんなことせずに、イルゼのプレッシャーをものともせずに迷惑なくらい絡んでくるというのに、一体どういう風の吹き回しだろう。

「実は、ルートヴィヒ殿下に本日のお礼と謝罪をしたいと思いまして」

「謝罪……ですか?」

はて? お礼はともかく、聖女に謝ってもらうようなこと、心当たりがありすぎて逆に思いつかない。

といっても、僕よりもイルゼに謝ったほうがいいと思うけど。

「まずは、本日の炊き出しにご協力いただき、ありがとうございました。また、毛布をはじめとした物資についても、まさか帝国側から提供いただけるとは思いもよりませんでした」

「デュ、デュフフ……彼等は帝国民ですから。むしろ、教会が動いて初めてこちらが支援に乗り出したのですから、お恥ずかしい限りです。本当に、ありがとうございます」

深々とお辞儀をする聖女に、僕も負けじと頭を下げる。

デュフフ……腰が低いことにかけては、この世界で僕の右に出る者はいないのだ、何せ、僕は喪男だからね。

「うふふ、そんなことはありません。むしろ、ルートヴィヒ殿下は素晴らしいと思います。西方諸国の他の国でも同じように炊き出しなどをしておりますが、教会に任せて手を貸してくださらないことも、よくあることですので」

「そうなのですか?」

「はい」

へえー……見て見ぬふりをしている国があるなんて、意外だったな。

あの『醜いオークの逆襲』では、帝国以外の全ての国は正義という設定だったからね。

……まあ、現実（リアル）になれば、そういうこともあるってことか。

「おっと、立ち話もなんですので、座りませんか？」

「そうですね」

僕達は中庭に移動すると。

「聖女様、どうぞ」

「うふふ……ありがとうございます」

ぎこちない動きでベンチにハンカチを敷き、聖女を座らせて、僕もその隣に座った。

実践経験はゼロだけど、女性に対してこういう気遣いは重要だと、前世で読んだハウツー本にそう書いてあったのだ。

万に一つの奇跡があるかもと、ちゃんと予習復習とイメトレをしておいて正解だったよ。

「……本当に、噂とは違いますね」

「デュ、デュフフ……そうですよねー……」

聖女の呟きに、僕は苦笑して頭を掻いた。

イルゼやオフィーリアにも同じことを言われたけど、そもそも中身は喪男なのだから違って当然だよな。

前世の記憶を取り戻す前だったら、今頃はゲームと同じように、帝立学院にも通わずイルゼに酷いことばかりしていたと思う。

本当に、やらかした後に前世の記憶を取り戻していたらと思うと、ぞっとするよ。

「と、ところで、謝罪というのは……」

「あ……そうでしたね」

話題を変えるために話を振ると、聖女は両手を合わせてこちらに向き直る。

「バティスタがルートヴィヒ殿下に大変失礼なことを申し上げてしまい、すみませんでした」

珍しく申し訳なさそうな表情を浮かべ、深々と頭を下げて謝罪した。

「や、やめてください！　別に僕は気にしておりませんし、聖女様は何も悪くないじゃないですか！　それより……ひょっとして、あの現場を見ておられたのですか？」

「はい……」

僕が無理やり彼女の身体を起こして尋ねると、聖女は頷く。

これは、バティスタにとっては致命的だろうなあ……。

見る限り、バティスタは聖女のことを、まるで女神のように信奉しているからね。

とはいえ、彼女からしたら迷惑な話か。

だって……聖女は、一度だってそんなことを求めたことはないのだから。

「聖女様。ならご存じでしょうが、僕はあなたから距離を置くような真似はしません。それより、もしよろしければ、次回も炊き出しを行う際には、また僕を誘ってはいただけませんでしょうか」

　本当は破滅エンド回避のために、心の底から距離を置きたいですけど。

　でも、今そんなことを言ったら、聖女は闇堕ちしかねないし。喪男の僕にヒロインを絶望に突き落とすような真似は、ちょっとできないよ。

「うふふ、分かりました。次回も是非、よろしくお願いします」

「こちらこそです」

　僕と聖女は握手して、お互い微笑み合っ……ってえ⁉

「せ、聖女様⁉」

「ルートヴィヒ殿下。私はあなたがこの世界を蹂躙し、全ての女性を辱め、穢し、壊す魔物であると、そう伺っておりました」

　僕の手を思いきり握りしめ、聖女が鋭い視線を向ける。というか痛い。メッチャ握力ヤバイ。

「あなたは、どうしたいのですか？　噂のように、本当に世界を破滅に導くつもりなのですか？」

　聖女は、その手にさらに力を込めた。

　おかげで僕、さっきから脂汗が止まりません。

「ま、まさか。そんな気はさらさらありませんよ。それより、この手を離していただけると……」

「……どうやら、嘘は言っておられないようですね」

そう言うと、聖女はようやく手を離した。

というか、イルゼといい聖女といい、パワータイプではないヒロインの力がすごいってどういうこと？　話が違うんだけど。

「うふふ……ルートヴィヒ殿下のこと、信じておりますね」

「デュ、デュフフ……」

いつもの聖女の顔に戻り、彼女はニコリ、と微笑む。

僕は、それを見て苦笑するしかなかった。

「それにしても、聖女様は元気にしているかな……」

主のいない席を眺め、僕はポツリ、と呟いた。

炊き出しを行った日から一か月が経ち、聖女と聖騎士二人は今、西方諸国最西端の国、ボルゴニア王国に行っている。

何でも、ボルゴニア王国第二の都市ポルガにおいて、原因不明の病が発生しているとのことで、ミネルヴァ聖教会からの要請により、人々の救済に向かったのだ。

といっても、聖女は『醜いオークの逆襲』随一の回復魔法の使い手であるものの、そもそも病気に回復魔法は通用しない。

この世界の回復魔法は、人間の持つ治癒力を活性化させるというものなので、病人に使用したら、逆に悪い菌やウイルスを活性化させてしまうのだ。

それでも、聖女に認定されてからこれまで、ずっと人々を救い続けてきた彼女が、救済のエキスパートであることは間違いない。

そのことは、『醜いオークの逆襲』のプレイヤーだった、この僕が誰よりも知っている。

「大丈夫だとも。聖女殿なら、きっとたくさんの人々を助けているだろう」

「そうです。ルイ様が気に病むことはありません」

オフィーリアの言葉に同意し、イルゼが僕を励ましてくれた。

というかイルゼ、聖女がいないから最近機嫌がいいんだよね。やっぱり、聖女が嫌いなんだろうなあ。

「フフ……まあ、心配するのは仕方ないにしても、私達にできることは無事を祈ることと、彼女達が元気に帰ってきた時に、笑顔で迎えてやることだけだ」

「デュフフ、そうですね」

こういうことをサラッと言うオフィーリア、やっぱりイケメンかよ。少なくとも、僕が言うよりは様になっているよね。

その事実に肩を落としつつも、僕達は腹黒聖女達の帰りを待つことにした。

だけど。

「そんな……」

二週間後、僕達の元に届いたのは、聖女がその原因不明の病に冒されたとの知らせだった。

「そ、それで、マルコの手紙には何と？」

「あ、は、はい……」

オフィーリアに急かされ、僕は改めて手紙に目を通す。

そこには、原因不明の病の治療のための有効策は見つかっておらず、患者が日を追うごとに増え続けていること。

病床に臥せる聖女は連日高熱にうなされ、このままでは命の危険があること。

「……そしてマルコ君からは、僕とオフィーリアを通じてバルドベルク帝国及びブリント連合王国に支援要請をしてほしい、と」

「そう、か……」

「ルイ様、いかがなさいますか？」

「うん……マルコ君も慌てていたのか、具体的にどんな支援をしてほしいのかが記されていない。これじゃ、闇雲に手を打っても下手したら無駄になっちゃう」

「そうだな……」

僕達は、腕組みをしながら考え込む。

けど……だったら、まずすべきことは。

「よし！　ボルゴニア王国に行って、状況を確かめよう！」

「っ!?　い、いけません！　確認だけならこの私一人で充分です！　ルイ様にもしものことがあっては……！」

僕がそう告げた瞬間、イルゼが真っ先に反対する。

だけど、僕が君だけを犠牲にするような真似、認めるわけがないじゃないか。

「ううん、皇帝陛下に要請するにしても、僕が確認しないと上手く説明できないよ。それに……僕だって、君だけを危険な目に遭わせたくない」

「あ……で、ですが……」

「フフ、イルゼも分かっているだろう？　ルートヴィヒ殿下は、こういう男だ」

「は、はい……」

まるで全てお見通しですよとばかりに、微笑んでイルゼの肩をポン、と叩くオフィーリア。

あの一騎討ちで、僕の何が分かったのかは理解に苦しむけど、イルゼを説得したことに関してはよくやったよ。

「さて……そうすると、ボルゴニア王国への移動は『ポータル』を使うしかないね」

この『ポータル』というのは『醜いオークの逆襲』に登場する転移魔法陣で、既に征服している国であれば、どれだけ長距離であったとしても一瞬で移動ができる優れものだ。

とはいえ、ゲームではコマンドを選択するだけなんだけど、現実には各国の首都にしか『ポータル』は設置されておらず、国交のある国でなければ利用することができない。

現時点のバルドベルク帝国はそれほど多くの国を敵に回していないため、例えばオフィーリアの故郷であるブリント連合王国などとは『ポータル』が繋がっているけど、今回のボルゴニア王国とは、国交がどうなっているか……。

「イルゼ、悪いけど『ポータル』使用の手続きをお願いしてもいいかな」

「かしこまりました。お任せください」

イルゼが、恭しく一礼する。

「オフィーリア殿下。もし帝国とボルゴニア王国間で国交がない場合は、経由地としてブリント連合王国に立ち寄っても……」

「もちろんだとも。クラリス」

「はい。こちらで手続きいたします」

オフィーリアが名を呼ぶと、クラリスさんは頷いた。

よし、これで準備が整えば、すぐにボルゴニア王国に向かえる。

「ところで、ボルゴニア王国には私達も一緒に行かせていただこう」

「デュフフ。オフィーリア殿下なら、そうおっしゃると思っていました」

「フフ……さすがはルートヴィヒ殿下。よく分かっておられる」

僕とオフィーリアは、口の端を持ち上げてコツン、と拳を合わせた。

何というか、オフィーリアが一騎討ちにこだわっている理由、少しだけ分かった気がする。喪男なのに、まるで少年漫画雑誌のキャラみたいなことしちゃった。

「じゃあ準備が整い次第、この四人でボルゴニア王国に向かうことにしましょう」

「「「「おー！」」」」

ということで、各々準備に取りかかる……といっても、僕は簡単な着替えを用意するくらいしかすることがないけど。

そもそも、まずはボルゴニア王国の状況を確認して、それを踏まえてオットー皇帝に進言するのが目的だからね。

「『醜いオークの逆襲』に、そんなシナリオや設定があったかなあ……」

僕の記憶の限りでは、原因不明の病なんてなかったはず。

あるのは、あくまでも戦闘パートでの敗北や『暗殺エンド』『反乱エンド』『自殺エンド』『毒殺エンド』などなど……って、やっぱり破滅エンド多すぎるんだけど。

でも、病死がなかったことだけは間違いない。

「うーん……よく分からないなあ」

僕は腕組みし、首を傾げた。

いずれにせよ、ここで悩んでいても仕方ない。まずは、この目で確かめることが先決だ。

「とにかく、前世の知識もフル活用して、絶対にあの腹黒聖女を救ってみせる」

はっきり言ってビッチ聖女よろしく色仕掛けをしてくるし、イルゼとは仲が悪いし、なのに聖女であろうとして頑張っている姿を見せつけるし……。

ハア……結局、僕はナタリア＝シルベストリというヒロインのことを、存外憎めないみたいだ。

イルゼは当然として、オフィーリアだって今では当たり前のように傍にいるし。

「デュフフ……本当に、僕ったらしょうがないね」

破滅エンドを回避するために、ヒロインから距離を置こうって考えていたはずなのに、正反対のことをしているよ。

でも……イルゼもオフィーリアも、そして聖女も、僕があんなにやり込むほど大好きだった『醜いオークの逆襲』のヒロインだから、愛着が湧いてしまうのは仕方ないか。エロゲマエストロにとって、ヒロインは全員嫁だし。

「待っててね……聖女様」

そう呟くと、僕は決意を込めてギュ、と拳を握った。

「みんな、準備は……って、聞くまでもないよね」

各自準備を整えた後、僕達は今、寄宿舎の門前に集合していた。

正直、未知の病気が待ち構えているので、僕達だって命の危険がある。

それでも……うん。みんな、覚悟を決めた表情だ。

「それじゃ、皇宮へ向かおう」

全員乗り込んだ馬車が、皇宮へ向けて出発した。

『ポータル』は皇宮内と帝都の外務の政庁に設置されているけど、今回は皇宮にあるものを使うことにした。

外務局に『ポータル』の使用の申請をしたら、未知の病気を帝都に持ち帰る危険性もあるから、絶対に反対されるのは目に見えているからね。

その点、皇宮なら僕の我が儘も通用し、問われる責任の人数は最小限で済むから。

ということで。

「さあ、ここが皇室用の『ポータル』だよ」

本来、皇宮の『ポータル』は他国の者が利用することは認められていないけど、この際そんなルールは無視だ。

なお、『ポータル』の使用方法は、通信魔法により行き先にある『ポータル』と魔力で接続してもらい、あとはこちら側から転移に必要となる魔力を供給するだけだ。

「ルイ様、魔力供給用の魔核はセットいたしました」

「うん、ありがとう。じゃあイルゼも、こちらにおいで」

「はい」

イルゼの手を取り、僕の傍に立ってもらう。

そして。

「さあ、行こう」

僕達は『ポータル』を通じてブリント連合王国を経由し、ボルゴニア王国に到着した、んだけど……。

「こ、これは……」

原因不明の病気が蔓延しているポルガの様子を目の当たりにし、絶句した。

ポルガはボルゴニア王国でも二番目の大都市であるにもかかわらず、大通りには人影は一切なく、まさにゴーストタウンと化している。

「皆様、こちらです」

「う、うん……」

大通りを進んで街の中央へ来ると、広場がテントで全て埋め尽くされ、中から声のようなものが聞こえてきた。

「……聖女様は、あちらの建物に」

僕達は建物の中へ入り、聖女が療養している部屋へと入る。

「う……うう……」

「「「っ!?」」」

シーツを握りしめ、呻き声を上げる聖女を見て、僕達は思わず息を呑んだ。

「ルートヴィヒ殿下、それにオフィーリア殿下。よく来てくれましたねえ……」

部屋の隅で椅子に座りって聖女を見守るマルコが、僕達に気づいておずおずと声をかけてきた。

「う、うん……それで、ナタリアさんはどうなの？　それに、バティスタは？」

「聖女様については見てのとおりで、バティスタも同じ病にかかって、今は別の部屋でうなされていますよ」

僕の問いかけに、マルコは力なくかぶりを振る。

どうやら、症状は芳しくないみたいだ。

「ねえ、マルコ君。聖女様やバティスタの病状もそうだけど、原因不明の病気について詳しく教えてくれないかな？」

「……部屋を変えましょう」

マルコの後に続き、僕達は隣の部屋へと移動した。ベッドが一つと私物があるところを見ると、ここは彼の部屋みたいだ。

さらに隣から、男の呻き声が聞こえた。おそらく、バティスタだろう。

「聖女様が例の病に罹られたのは、二週間前。主な症状は高熱と嘔吐、それに……身体の皮膚が石化するってやつですねえ……」

「石化⁉」

「ええ……しかも、全身の皮膚が石化してしまうと、患者は死んでしまいます。例外はありませんよ」

マルコの話では、二か月前に石化した住民が現れたことが始まりで、そこから爆発的に患者が増え続け、今では街のほぼ全員が、この病に罹っているとのことだ。

「……この病が万が一他の街……最悪、王都にまで広がってしまえば、その時はこの国の終わりです。それどころか、隣接する国にも拡大したら、世界はめちゃくちゃになってしまいますよ」

マルコはおどけてみせるが、その瞳から悲壮めいた色が窺えた。

「ルートヴィヒ殿下……どうする？」

「そ、それは……」

オフィーリアに問いかけられ、僕は口を濁してしまった。

「おっと、バティスタの手拭いを替えてやらないと。ちょっと待っててくださいよ」

まるで思い出したかのように呟くと、マルコは僕達を部屋に置いて、バティスタの部屋に向かった……って。


――ころん。


部屋を出ていくと同時に、マルコが何かを落とした。

僕が、それを拾ってみると。

「？　石？」

「そのようですね」

ただ、普通の石とは少し違うようだ。

まるでスポンジのように無数の小さな穴が開いているし、色も白色……ではなく、所々紫色に変色しているところがある。

これって……。

「『吸魔石』……」

僕は、思わず呟いた。

「ハア……確かにこれは、色々と厄介だなあ……」

手に持つ『吸魔石』を握りしめ、溜息を吐いていると。

「クハ、すまないですねえ。バティスタも、ようやく落ち着きました」

「そうですか……」

「それで……私がお願いした、救援要請は受けていただけるので……?」

「とりあえず、僕達にも考える時間がほしい。それと……もう一度、聖女様に会わせてもらえないかな」

「ハア……本当は、聖女様にはゆっくり休んでいただきたいので、ご遠慮願いたいんですが……今回は特別ですよ?」

マルコの許可を得て聖女の部屋へ戻ると、僕は彼女の傍に寄る。

「っ⁉ ルイ様、いけません！」

「イルゼ……大丈夫だよ」

聖女に触れようとして慌てて止めるイルゼに、僕はニコリ、と微笑んだ。

「ハア……ハア……あ……ル、ルートヴィヒ……殿下……っ」

僕を見て、聖女が無理に身体を起こそうとする。

彼女の身体は、その綺麗な顔の一部まで石化していて、見ているこっちが苦しくなるほど痛々しい。

「聖女様、無理をなさらないでください」

「う……うふふ……情けない、姿……を……お見せして、しまい……ました……」

そう告げる聖女の瞳から、一滴（ひとしずく）の涙が零れ落ちた。

そんな彼女の表情に、声に、瞳の色に、その何もかもに、僕は既視感を覚える。

そうだ……石化の病はともかく、僕はこんな彼女の姿を見たことがある。

もちろん、『醜いオークの逆襲』で。

聖女の従順度が八十パーセントを超えると、ミネルヴァ聖教会から聖女の称号の剥奪と破門を言い渡されるイベントが発生し、その後調教を行うと、聖女は憎むべき相手であるルートヴィヒにポツリ、と呟くのだ。

『……聖女でなくなった私は、何の価値もない、ただのナタリア、ですね』

あの時の聖女のスチルも、今みたいにサファイアの色の瞳から光が失われていた。

確か……キャラのプロフィールでは、元は貧しい農家の娘で、今の教皇に見出されて聖女になったはず。

なら、聖女の役目を果たせないことは、彼女が最も負い目に感じることだろう。

そんなプレッシャーに負けたからこそ、聖女は女神ミネルヴァとは別の……聖女なら、絶対に崇拝してはいけない存在、悪魔ディアボロに身を捧げてしまったのだ。

なお、何を捧げたのかは、エロゲ紳士諸兄なら分かるよね？

さて……それで、どうしようか。

石化の病から救うことももちろん大事だけど、それよりも僕は、ゲームと同じように闇を抱えている聖女を、救ってあげたい。

ただ、残念ながらゲームでは、彼女の抱える闇が晴れるようなイベントは何もなかった。つまり、救う方法はないということだ……って。

デュフフ。そんなの、今さらだよね。

だって僕、破滅エンドしかなくて救いのないこの世界で、生き残るために頑張っているんだし。

だから。

「……情けなくなんか、ないよ」

「ル、ルート、ヴィヒ……殿下……？」

「僕は、あなたがすごい女性だってことを知っています。いつも聖女であろうとして、頑張って、努力して、このボルゴニア王国にも、危険を顧みずに救済に走って」

「…………………………」

「ね、聖女様。そんなあなただからこそ、僕達はここまでやってきて、助けたいって思ったんです。聖女だからじゃない。あなたが尊敬できる女性、ナタリア＝シルベストリだから」

「っ⁉」

そう告げた瞬間、聖女は目を見開いた。

「だから……あとは僕達に任せてください。あなたが救おうとしたこの国を、僕達もできる限り救ってみせます。そして……あなたのこの身体は、僕が絶対に治してみせますから、ね？」

「は、い……っ」

息が荒く、球のような汗を額に浮かべる聖女。

でも、彼女のサファイアの瞳からは闇が消え、溢れる涙と一緒に精一杯の笑顔を見せてくれた。

そんな彼女のまだらに石化してしまった手を、僕は誓いを込めて優しく握りしめた。

「ルイ様、今すぐその手を洗いましょう」

マルコを残して聖女の部屋を出るなり、イルゼが険しい表情でそう告げた。

たとえ断っても、僕の言うことなんてお構いなしに、無理やりにでもさせようっていう覚悟が窺えるよ。

でも。

「悪いけど、そんなことをするつもりはないよ」

「っ！　ルイ様！」

「イルゼ、聖女様やバティスタが寝ているんだ。とにかく、別の場所に行こう」

「……はい」

僕も絶対に折れないとばかりに答えたら、彼女は渋々頷いた。

だけど、別の場所に移動したらすぐにでも、手どころか僕のオークを含めて全身くまなく洗いそうだなあ。そういうプレイに憧れるものの、恥ずか死ぬので遠慮願いたい。

そういうことで、僕達四人は滞在先として用意してもらった宿に入ると。

「ルイ様、申し訳ございません」

「……そうくると思ったよ」

案の定羽交(はが)い絞(じ)めしてきたイルゼに、僕は思わず苦笑した。

これも僕のことを想って、叱られて処罰される覚悟でされてしまったら、何も言えないよ。

「イルゼ……落ち着いて聞いてくれる？」

「手とお身体を洗われたら、お聞きします」

駄目だ、取りつく島もない。

仕方ない、このまま話してしまうとしよう。

「この原因不明とされている石化の病は、感染なんてしないから大丈夫だよ」

「「「っ⁉」」」

僕が放った一言に、三人が一斉に目を見開いた。

「ル、ルートヴィヒ殿下、それはどういうことだ⁉」

「そ、そうです！　あの男も言ったではないですか！　最初に罹患した住民が見つかって、そこから爆発的に広がったと！」

「どうしてポルガの住民がそんなことになってしまったのか、それは調べないと何とも言えないけど、僕は、これは絶対に感染しないって断言できる。だって……これは、病気ではなくて状態異常なのだから」

ご存じのとおり、『醜いオークの逆襲』はタワーディフェンス型のシミュレーションＲＰＧ。

つまり、同様のゲームにもあるように、状態異常のステータスが存在しており、スタンや毒、混乱、魅了など、種類は様々だ。

その中に、石化状態というものがある。

これは、敵の中でも特殊なユニットだけが【石化】のスキルを保有しており、それ以外だとあるものを使って初めて状態異常が付与されるのだ。

「ちょ、ちょっと待て⁉　そのあるものとは何なのだ！　大体、人間の身体を石化させるなどという代物は、聞いたことがないぞ！」

「それがあるんですよ。僕も以前、皇宮の文献をたまたま読んでいたから、運よく分かりましたけど」

もちろん嘘です。そんなもの、以前のルートヴィヒの記憶を含めて読んだことなんて一度もありませんとも。

ただ、そのアイテムは確かに存在する。

知ってのとおり、『醜いオークの逆襲』は同人エロゲであり、エロこそがメイン。

エロゲ紳士諸兄の中には、エロを求めてポチッたにもかかわらず、戦闘パートをこなさないといけないことにストレスを感じる人達もいる。

何より、このゲームはエロゲのくせに難易度が高く、攻略が非常に難しいのだ。やりこみ要素と言えば聞こえはいいけど、異常に難易度を上げてくるのは、同人エロゲあるあるだよね。

当然ながら、同人サークルのブログのコメント欄にはクレームが殺到し、見かねたサークル側は救済アイテムを用意した。

そのアイテムは、四回目のアプデの際に実装され、一つのセーブデータで三回以上『敗北エンド』を迎えた場合、自動的に商品にラインナップされる。

それこそが。

「『石龍の魔核』、と呼ばれるものだよ」

これを斥候……つまりイルゼを使って侵攻先の国に設置すると、戦闘パート開始時には、ヒロインなどの固有ユニット以外のモブユニットの半分が、既に石化の状態異常にかかっており、戦闘を有利に進めることができるのだ。

「そ、そんなものが……」

「ル、ルイ様、ではその『石龍の魔核』は、どのようにして人々をこのようにしてしまうのでしょうか……？」

「それはね、『石龍の魔核』で汚染された水を飲むことで、この症状になってしまうんだよ」

一応、アイテム説明欄には、『石龍の魔核』を井戸や川など、人々が飲料水として使用している水源に入れると、石龍の魔力が水に溶け出し、その水を飲むことで体内に取り込まれて石化状態になるって説明があった。

ここまでくれば、みんなももう理解したみたいだ。

そう……これは、決して原因不明の病気なんかじゃない。何者かがこの街を滅ぼす目的で、こんな真似をしたんだ。

「なんと卑劣な真似を！」

オフィーリアが憤り、テーブルを思いきり叩く。

こんな災害級のことが、人為的に行われたんだ。誰だって怒るに決まっているよ。

「それで、『石龍の魔核』に汚染された水を飲んで石化した人達は、助からないのですか……？」

「いや、もちろん助ける方法はある」

その答えを聞き、みんなは安堵の表情を浮かべた。

当たり前だけど、『石龍の魔核』に限らず石化状態自体はただのデバフだし、ルートヴィヒ側のユニットだって石化状態になったりする。

だから、それを回復させる方法も用意されており、『醜いオークの逆襲』では、バルドベルク帝国と取引をしている商人から、様々なアイテムを購入することができる。

電動マッサージはもちろん、ローションや媚薬、利尿剤など、それはもうありとあらゆるものが……ゲフンゲフン。話が逸れた。

当然ながら、戦闘パートを有利に進めるためのアイテムもあり、その中で、石化状態のデバフを除去するアイテムが、『吸魔石』と呼ばれるものだ。金の針では決して石化状態は回復しないから、間違えないようにね。

ただ。

「……今回は、ポルガの多くの住民が石化してしまっているから、全員助けられるだけの『吸魔石』を確保できるかどうか……」

「うむ……」

それを聞いたみんなは、また表情を曇らせる。

全員を救えればいいけれど、さすがにそこまで虫のいい話なんてない。

僕達は、できる限りのことをするしかないんだ。

「よっし！」

僕はパシン、と両頬を叩き、気合いを入れた。

「ここで悩んでいても仕方がない！　やるべきことは分かっているんだから、まずは『吸魔石』の確保と、原因となっている『石龍の魔核』を見つけ出すんだ！」

「ルイ様のおっしゃるとおりです！」

「うむ！　そうと決まれば、早速行動に移そう！」

「はい！」

僕達はポルガを……聖女達を救うため、行動を開始した。

「ふむ……ボルゴニア王国に、『吸魔石』をな……」

バルドベルク帝国皇帝、オットー＝フォン＝バルドベルクが、玉座に腰かけて顎をさする。

僕達は急ぎボルゴニア王国から『ポータル』を使ってブリント連合王国、そして帝国へと帰ってきた。

もちろん、『吸魔石』を確保するために。

オフィーリアも今頃、父親である国王に『吸魔石』の調達について交渉してくれているはずだ。

「はい。ここで帝国が恩を売れば、今後を考えれば色々と有利になるかと。何より、外交は遠交近攻こそが基本ですから」

この『遠交近攻』というのは、隣接している国に対して侵略をし、離れている国とは友好的にするというもの。

僕は前世で『三国志（さんごくし）』や『史記（しき）』が好きだったので、こういうことには詳しいのだ。

「ハハハ、まさかお主がそのように聡明だったとはな。よかろう、好きにするがよい」

「ありがとうございます！」

よし！　オットー皇帝の了承は得たぞ！

さすがはルートヴィヒに甘々なだけのことはある！

「ルイ様、お疲れ様でした」

謁見の間を出ると、待っていたイルゼが労（ねぎら）いの言葉とともに恭しく一礼した。

「イルゼ、こっちは上手くいったよ」

「さすがはルイ様です。ですが……本当に、ボルゴニア王国やミネルヴァ聖教会には、このことを……」

「うん。伝えるには、まだ早い。そもそも、まさか病の原因が『石龍の魔核』によるものだなんて、誰も信じてはくれないよ。当てにせず、今は僕達だけで動いたほうがいい」

なんてもっともらしいことを言ったけど、本当は違う。

さっきも説明したように、ポルガに『石龍の魔核』を仕掛けた連中が必ずいるけど、その首謀者がはっきりしていないんだ。

なら、この事実をボルゴニア王国やミネルヴァ聖教会に告げたら、その連中に逃げられる可能性だってある。

……いや、最悪僕達が狙われる可能性だって否定できないのだから。

「とにかく、列強国である帝国やブリント連合王国なら、『吸魔石』を充分確保できるはずだよ」

「はい」

そう言ってみたものの、ポルガを救うだけの『吸魔石』の確保には時間がかかるだろう。

もちろん、『吸魔石』は珍しいものでもないので、入手自体は難しくないけど、量が量だけに、輸送の手配なども含めて時間を要するのは仕方のないことだ。

それは、最初から分かってはいるんだけど、ね……って。

「イルゼ?」

「……ルイ様が気に病むことはございません」

僕の手を握りしめ、イルゼが見つめる。

その藍色の瞳で、まるで僕の心を見透かしているかのように。

「誰も救うことができず、ミネルヴァ聖教会も匙を投げたポルガを、あなた様だけが手を差し伸べようとしておられるのです。それだけで、どれだけ多くの人々に希望を与えるか……それだけで、どれだけ多くの人々の心が救われるか……」

「…………………………」

「ルイ様のそのお姿を、そのお背中を、このイルゼがしかと見ております。私は……このイルゼ＝ヒルデブラントは、あなた様にお仕えできたことを、誇りに思っております」

本当にもう、イルゼったらおだてるのが上手だよね。

そんなことを言われたら、どうしても嬉しくなっちゃうじゃないか。

そんなことを言われたら、どうしても頑張っちゃうじゃないか。

「うん！　イルゼ……僕を見ていて！　僕はなんとしても、ポルガを救ってみせる！　そして、裏でこんな真似をした連中を、絶対に痛い目に遭わせてやるよ！」

「その意気です」

上手く乗せられた僕は、カーテシーをするイルゼと一緒に、『ポータル』を使ってブリント連合王国へ向かった。喪男は、すぐ調子に乗っちゃうのだ。

……イルゼ、ありがとう。

「イルゼ、お願いしたいことがあるんだ」

「何なりと」

オフィーリアとクラリスさんと合流して再びボルゴニア王国にやってくるなり、僕がイルゼにそう告げると、彼女は跪いた。

「うん。実は、この『吸魔石』を、聖女様に渡してほしいんだ。これを口に含めば、石化状態から回復できるはずだから」

「よろしいのですか？　ボルゴニア王国やミネルヴァ聖教会には、まだこのことはお伝えしないとご判断なさったのでは……」

「もちろん。だからね……」

僕は、イルゼにそっと耳打ちをする。

「……そういうことであれば、このイルゼめにお任せくださいませ」

凄腕の暗殺者でもあるイルゼなら、忍び込んで聖女に渡すことも容易(たやす)い。

それに、マルコもバティスタも、聖騎士といっても所詮はモブ。メインヒロインのイルゼに気づくだけの実力はないはず。

「でも、万が一ってことがあるから気をつけてね。僕の従者は、今も、これから先もずっと、イルゼだけなんだから」

「っ！　もちろんです。私は永遠に、あなた様のお傍に」

イルゼは一礼し、すぐにこの場から消えた。

「さて……次は僕達の番だ。オフィーリア殿下とクラリスさんに、付き合っていただきたいことがあるんです」

「うむ！　任せろ！」

「かしこまりました」

ということで、僕はオフィーリアとクラリスさんを連れ、荷物を持ってポルガの街外れにある貯水池へとやってきた。

調べたところによると、ポルガは飲料用をはじめとした生活用水について、この池を利用しているらしい。

なら、『石龍の魔核』はこの池の底にあるはずだ。

「ふむ……こんなところに来て、一体何をするつもりだ？」

「オフィーリア殿下……ひょっとしたら、ルートヴィヒ殿下はこの池に『石龍の魔核』があると踏んでいるのではないでしょうか。そして、それを回収なさるおつもりなのでは……」

「クラリスさん、正解」

「っ⁉」

おそるおそる話すクラリスさんにおどけてみせると、オフィーリアが目を見開いた。

「な、何を考えているんだ！『石龍の魔核』を回収するとなったら、この広い池の底を探さないといけないんだぞ！　こんなところに入ったら、それこそ石化して……っ！」

「もちろん分かっていますよ。でも、これ以上被害を拡ひろげないためにもやるしかないんです。そのために、こんなに大量の『吸魔石』を用意したんですから」

担いだ袋を地面に置き、『吸魔石』が詰まった中身を二人に見せる。

ゲームと同じ仕様なら、『吸魔石』は一度だけの使い捨てアイテムだけど、これだけあれば何十回でも潜れるからね。

「それに、僕はイルゼとの特訓の成果によって、五分間は息を止めることができます。といっても、水中と地上を何回も行き来しないといけないですけど」

あの海獣ケルピーから逃げ惑う特訓が、ここでも活かされることになるなんて、思いもよらなかったよ。おかげで、一年前のあの日々が走馬灯のように……思い出しただけで吐きそうです。

「そういうことを言っているのではない！　いくら『吸魔石』があるとはいえ、最も石龍の魔力に汚染されているところに入ろうというのだぞ！　それこそ自殺行為だ！」

「デュフフ、心配いりませんよ。池に入るのは、僕一人だけですから」

「「っ⁉」」

もちろん、僕は破滅エンドを回避して平穏な余生を過ごすんだから、こんなことで死ぬつもりなんてない。

何度も言うけど、『吸魔石』があれば石化状態は解除されるわけだし。

「僕は〝醜いオーク〟。今は見た目こそ痩せましたけど、お二人も知ってのとおり体重は三百キロもある。水に浮かんでしまうこともないですし、水の底を探すには僕こそが適任ですよ」

「……軽く言ってくれる……っ」

黄金の瞳で僕を見つめ、オフィーリアが唇を噛んだ。

いやいや、軽い気持ちだったら、わざわざイルゼがいないタイミングで回収しようなんて思わないよ。

彼女がいたら止められることは絶対に分かっているし、だからこそ聖女へのおつかいの任務を与えたんだから。

「とにかく、僕が死なずに済むかどうかは、お二人にかかっているんですから、お願いしますね」

「そ、それは……？」

「もちろん、僕の命綱です。息が続かなくなったり『石龍の魔核』を発見したら、このロープを引いて合図しますから」

脳筋ヒロインのオフィーリアにしては珍しく困惑しているけど、そろそろ覚悟を決めてほしい。

早くしないと、イルゼが任務を終えて戻ってきちゃうし。

「ルートヴィヒ殿下……このオフィーリア＝オブ＝ブリント、絶対に貴殿を死なせたりはしない！　もしそうなったら……この私も、君に殉じるッッッ！」

「いやいやいやいや。そういうこと言うと縁起が悪いので、本気でやめてください」

というか、せっかく破滅エンドのフラグを折ろうとして頑張っているのに、逆にフラグを立ててどうするんだよ。

思わず呆れてしまい、僕は彼女をジト目で睨んだ。

「ハア……それじゃ、行ってきます」

「ルートヴィヒ殿下……気をつけるのだぞ」

「どうか、ご武運を」

悲壮な表情を見せるオフィーリアとクラリスさんに見送られ、僕は『吸魔石』を口に含んで、水面に映る月を目がけて池の中に飛び込んだ。

ああもう……あんな顔されちゃったら、絶対に無事に戻らないといけないじゃないか。

ということで、僕は池の底を必死に探す。

かなりの広さがある上に、暗くて手探りになってしまう。

まあ、だけど。

「(石化の進行が早くなる方角に『石龍の魔核』があるはずだから、迷うことはないんだけどね)」

右手をかざし、皮膚が石化するスピードが速くなる方向へ、僕は歩を進める。

まだそれなりに距離が離れているにもかかわらず、加えて『吸魔石』の効果もあるはずなのに、僕の身体の一部が石化してしまっていた。

一番汚染濃度の高いところ……いや、『石龍の魔核』そのものに触れたら、どうなるのかな……って、いやいや、今さらそんなことを心配しても仕方ない。

僕はかぶりを振り、石化が進む身体に不安を覚えつつも、池の中をさらに進んでいく。

途中、息継ぎのために陸に上がった時の、オフィーリアの泣きそうな表情にかなり堪えたけど、だからこそ早く探し出して回収しないとね。

そして。

「（これ……だ……っ）」

全身の七割ほどが石化し、無理やり足を引きずってたどり着いた場所には、禍々しい紫色の淡い光を放つ直径三十センチほどの球体を発見した。

あれこそが、『石龍の魔核』だろう。

僕は袋からありったけの『吸魔石』を取り出して口に含み、両手にも抱える。

デュフフー……石化と解除が交互に目まぐるしく変化して、僕の動きがメッチャギクシャクしているし。

でも……うん、これなら何とかなりそうだ。

僕は石化していたほうの足が動くことを確認し、構えて『石龍の魔核』を見据えると。

「（うおおおおおおおおおおおおおッッッ！）」

目標へ向け、一気にダッシュした。

全身が石化でバッキバキになりながらも、勢いのついた三百キロ以上の身体は『石龍の魔核』に突撃する。

「（あと……少、し……っ）」

口の中の『吸魔石』を噛み砕いてしまうほど食いしばり、僕は……とうとう『石龍の魔核』を両腕に抱えた。

それと同時に、命綱を引っ張る。

あとは、二人が僕を引き上げて……くれ、る……はず……。

石化が一気に進んでしまい、僕は意識を失いそうになる。

デュ、デュフ……ひょっとして、間に合……。

——ザバアッッッ！

「っ！　ルートヴィヒ！　ルートヴィヒイイイイッッッ！」

「ルートヴィヒ殿下ッッッ！」

『石龍の魔核』が僕の両腕から離れ、ゴロリ、と地面に転がり、オフィーリアとクラリスさんが僕の名前を叫ぶ。

どうやら僕は、賭けに勝ったみたいだ。

デュフフ、オフィーリアも、僕の名前の後ろに『殿下』と付けるのを忘れるくらい必死だし。

だけど……まるで仲間になったみたいで、ちょっと嬉しいかも。

「あ……あ……」

声を絞り出そうとするけど、石化が激しいため、全然声にならない。

面倒なことこの上ないよ。

「ルートヴィヒ！　ルートヴィヒ！　この……馬鹿者が……っ」

ああもう、石化した身体をそんなに強く叩かないでよ。

しかも、脳筋イケメンヒロインのくせに、そんなに泣きそうな顔しちゃって。

「クラリス！　全ての『吸魔石』をルートヴィヒに与えるんだ！　早く！」

「はい！」

う、うわー……全身『吸魔石』塗れで顔だけ出したこの状態、なんだかシュール。

だけど、体内にある石龍の魔力が一気に浄化されていくのが分かる。

それに合わせて、顔の表情筋もようやく少し動かせるようになった。

「オ、オフィーリア殿下……さすがにこの量は、やりすぎじゃないですか？」

「っ！　ルートヴィヒ！」

心配しないようにできる限り明るい声でおどけたのに、オフィーリアの黄金の瞳が、逆に涙で溢れてしまった。

彼女の涙なんて、『醜いオークの逆襲』でルートヴィヒに凌辱されている時だって、見たことがないのになあ……。

「心配……したのだぞ……っ」

「デュフフ、すみません」

胸に縋りついたオフィーリアの輝く黄金の髪を、僕はようやく動くようになった右手で、優しく撫でた。

その時。

「ルイ……様……？」

「あ……」

ヤバイ。

ヤバイヤバイヤバイ。

まさかこのタイミングで、イルゼが戻ってくるなんて。

しかも、どうしてこの貯水池にいることが分かったの？　ひょっとして、ＧＰＳでも付いているのかな？　……って、そういえばイルゼには【千里眼】のスキルがあったな。

このスキルは、遠く離れたユニットや地形効果によって姿が確認できないユニットがあっても、半径十五マス以内なら把握できるという、イルゼ固有のものだ。

なら、ただでさえ機動力がヒロインナンバーワンのイルゼなら、僕を見つけ出すことくらい簡単か。これは、いかがわしいお店とかには絶対に行けないね。

「ルイ様！」

オフィーリアを押しのけ、イルゼが僕の胸に飛び込んできた。

「もう！　もう！　どうしてそんな無茶をなさるのですか！」

「ブ、ブヒ⁉」

僕はどうしていいか分からず、混乱してしまう。

だって、こんなに狼狽えたイルゼの姿を見るのは、一年前に僕の従者になってから初めてのことだから。

「グス……ルートヴィヒはポルガを救うために、自ら池の中に入って『石龍の魔核』を……っ」

すすり泣くオフィーリアが、事情を説明する。というか、余計なことを言わないでください。イルゼが動揺してしまうじゃないか。

ただでさえ、イルゼの実家のヒルデブラント家を再興するためには、僕が生きていることが絶対条件なんだ。これ以上、大切な彼女に心労をかけたくないんだよ……って。

「ルイ様は、そんなに私を困らせたいのですか……？　そんなに、私を悲しませたいのですか……？」

藍色の瞳からぽろぽろぽろと涙を零すイルゼに、僕は何も言えなくなってしまう。

「……ごめん」

「もう……もう二度と、このようなことはなさらないでください……っ」

かろうじて僕が謝罪の言葉を声にすると、イルゼは僕の胸の中で肩を震わせ、嗚咽を漏らした。

本当に、こんなことはこれっきりにしよう。

イルゼの藍色の髪を優しく撫でながら、僕はそう心に誓った。

「……もう絶対に、ルイ様のお傍から片時も離れたりいたしません」
「デュ、デュフフー……」
泣き止んではくれたものの、今もなお口を尖らせて怒っているイルゼに、バツの悪い僕は苦笑するしかない。

　せっかく築き上げた彼女との信頼関係が、これで全て台無しだよ。チクショウ。

　なお、僕の身体は大量の『吸魔石』のおかげで、石化も完全に解除されてすっかり元どおりになった。

　濡れていたはずの服まで元どおりに乾いているから、どんな原理なのか知りたいところ。

「そ、それより、イルゼは大丈夫だった？　どこにも怪我はない？」

「私の心配などより、ご自分の身を案じてください」

「ご、ごもっとも……」

　うう、取りつく島もない。

　だけど、見る限り無事のようだし、よかったよ。

　僕なんかより、彼女に何かあったほうが耐えられないからね。

「ところで、聖女様は？」

「はい。『吸魔石』をお渡ししてから一時間以上は経過しておりますので、既に回復しておられるはず」

「そ、そっか。ならよかったよ……」

　暗闇に視線を向けるイルゼを見て、僕は胸を撫で下ろした。

「それで……ルイ様、この後はどうなさるのですか？」

「もちろん、こんな真似をした連中には、痛い目に遭ってもらうだけだよ」

といっても僕自身は強くないから、みんなにお任せだけど。

「お任せください。この私が、絶望と苦しみに塗れた死を与えてみせます」

「お願いだから、無茶しないでね」

「そのお言葉、そのままお返しします」

イルゼをたしなめるけど、いつもと違って言うことを聞く様子は一切ないどころか、逆に皮肉を言う始末。どうやら機嫌が直ったというのは幻想らしい……って。

「オフィーリア殿下、どうしたんですか？」

「……ルートヴィヒ殿下は、ひょっとして犯人の目星がついておられるのか？」

オフィーリアが、怪訝（けげん）な顔をする。でも、僕の名前の呼び方が元に戻ってしまい、少し寂しくなってしまった。

「首謀者まではっきりとは分かりませんが、それなりには」

「そうか……クラリス」

「はっ」

クラリスさんがオフィーリアの愛剣を差し出すと、オフィーリアが柄を握りしめた。

そして。

――ドオオオオオオオオオオオンッッッ！

「っ⁉」

「このオフィーリア＝オブ＝ブリント、必ず犯人をすり潰してくれるッッッ！」

怒りに満ちた表情のオフィーリアは、大剣を地面に叩きつけた。

あまりの迫力に、僕は思わずたじろいでしまう。

「ク、クラリスさん。オフィーリア殿下が、ものすごく気合い入っているんですけど……」

「当然です。犯人は、怒らせてはいけない御方を怒らせてしまいました」

う、うわあ……普段は冷静に空気を読むクラリスさんまで、メッチャ怒っているよ。
・・・
アイツ、今日で色々と終わったな。

この後待ち受ける惨劇を想像し、僕が思わず身震いしていると。

「……ルイ様。現れたようです」

「さすがはイルゼ。バッチリだね」

イルゼが見据える先へ向け、僕達は身構える。

こんな真似をした犯人の仲間と、対峙するために。

「クハ、ここにいたんですか」

現れたのは、聖騎士のマルコだった。

「マルコ君、こんなところまで来てどうしたの？　というか、聖女様の看病はしなくても大丈夫なのかな？」

「白々しいことを言いますねえ……ところで、いつから気づいていたんですか？」

わざとらしく肩を竦める僕に、マルコはくつくつと嗤ったかと思うと、鋭い視線を向ける。

といっても彼、糸目だからよく分からないんだけど。

「今さら僕の説明いる？　……って思ったけど、オフィーリア殿下とクラリスさんも、知りたいですよね」

察してくれたクラリスさんはともかく、隣で混乱中のオフィーリアを見て苦笑すると、僕は説明を始める。

ポルガで起こった石化の病が、『石龍の魔核』によるものだと気づいたのは、聖女と面会をした時に、マルコが『吸魔石』を落としたから。

僕はあれを拾ったことで、これが病なんかじゃなくて状態異常だと気づいたんだ。

となると、先に説明したとおり、『醜いオークの逆襲』で石化状態になる原因は限られてくる。

それも、街全体に影響するほどとなると、『石龍の魔核』以外には考えられないからね。

次に、もう説明不要だけど、マルコは今回の騒動を起こした連中の一味であり、それに気づけたのも、全ては『吸魔石』のおかげだ。

そもそも、聖女が石化状態だというのに、従者として常に傍にいるマルコが何ともないなんて、不自然すぎるからね。『吸魔石』によって石化を防いでいるか、あるいは貯水池の水を飲むのを避けていたかのいずれかだってことは、すぐに気づいたよ。

そして……そのことから導き出されることは、ただ一つ。

「……今回の一連の騒動の首謀者は、ミネルヴァ聖教会だよね」

「「っ⁉」」

イルゼにはオットー皇帝に謁見した後に説明しておいたから驚いていないけど、オフィーリアとクラリスさんは思わず息を呑んだ。

「ル、ルートヴィヒ殿下！　だが、それはおかしいではないか！　どうして教会がボルゴニア王国に対してそのようなことをするのだ！　それに、少なくとも聖女殿は、間違いなく石化状態であったぞ！　ミネルヴァ聖教会の象徴ともいうべき存在を巻き込むなど……」

「ボルゴニア王国でこんなことをしでかした理由は僕も分からないけど、聖女様に関して言えば、こんな真似をしてもおかしくはないよ。だって……ミネルヴァ聖教会には、聖女様のことが邪魔な連中がいるからね」

　正しくは、聖女が尊敬している、教皇のアグリタ＝マンツィオーネと敵対している勢力があるから、かな。

　実は、『醜いオークの逆襲』の設定において、バルドベルク帝国はミネルヴァ聖教会内で教皇と対立している人物と繋がっており、ゲームにおける聖女攻略にもその人物が関与している。

　それが。

「ミネルヴァ聖教会の枢機卿（すうききょう）、ロレンツォ＝ルドルフォ＝マルディーニ。そうだよね？」

「…………………………」

「沈黙は肯定と受け取らせてもらうよ。それで、ロレンツォ枢機卿がミネルヴァ聖教会を支配するためには、教皇側である聖女様が邪魔というわけだ」

　得意げに語る僕を、マルコだけでなくイルゼ達まで睨んでいるんですけど、どうしてですかね？

「クハ……〝醜いオーク〟のルートヴィヒ殿下が、ここまでご存じだとは意外でしたねえ……」

「デュフフ、あまり帝国の情報網を舐めないでよ。それくらい、すぐに分かることだよ」

そう告げると、オフィーリアとクラリスさんは納得したように頷く。逆にイルゼは、ますます疑いの目を向けているけど。彼女にはあとで適当に言い訳しておこう。

「さあ、もうおしゃべりはいらないね。あとは僕達が、君を捕らえてボルゴニア王国に突き出せば、全て終わりだ。その時にでも、陰謀の全容を語ってもらうよ」

僕は双刃桜花を抜き、イルゼ達も一斉に武器を構える。

その瞬間。

「うおおおおおおおおおおおおおおおおッッッ！」

「「っ⁉」」

背後から雄叫びとともに襲いかかる、一人の甲冑（かっちゅう）を着た男。

それは……聖騎士のバティスタだった。

だけど。

――ガキンッッッ！

「っ⁉　何っ⁉」

「デュフフ、馬鹿だなあ。僕達が、貴様の存在に気づいていないとでも思ったのかい？」

バティスタの剣を、僕は難なく受け止めてみせる。

そもそも、イルゼには【千里眼】があるんだ。マルコのほかにもう一人が背後に回っていたことくらい、最初からお見通しだったよ。

「それにしても……貴様が聖女様の敵だったなんてね。炊き出しの時、僕に言い放ったあの言葉は嘘なのかな？」

「何を言うか！　貴様が……貴様が、聖女様を変えてしまったからだろうがッッッ！」

「ブヒ……？」

いきなり訳の分からないことを言い放つバティスタに、僕は呆けた声を漏らしてしまった。

というか、僕が腹黒聖女を変えたってどういう意味だよ。

「俺は見てしまったのだ！　聖女様が恍惚の表情を浮かべ、主ミネルヴァではなく、あの汚らわしい悪魔を崇拝し、自分自身を慰めている姿を！　こんなこと……こんなこと、貴様に出会うまではなかったッッッ！」

「あー……」

何やってるんだよ聖女。

悪魔を崇拝するのは自由だけど、見つからないようにちゃんとやらないと……って。

「……ひょっとして、貴様は聖女様の部屋を覗き見していたのか……？」

「っ⁉」

あ、どうやらそういうことみたいだ。

うわー……聖女のことを敬いすぎて、拗らせちゃったのかな。まるでストーカーの変態じゃないか。そう考えたら、聖女の従者って最高のポジじゃない？

「だ、黙れ黙れ黙れ！　俺は聖女様をお守りしなければならないのだ！　それこそ、毎日！　二十四時間！」

　とうとうストーカーであることを認めたバティスタ。そんなカミングアウト、求めてなかったよ。

「……バティスタ。奇襲が成功しなかった以上、引くしかない」

「……チッ」

　恐ろしく低い声で指示をするマルコに従い、バティスタが舌打ちをして飛び退いた。

「クハ、それでは失礼しますよ」

「〝醜いオーク〟め。次に会った時が貴様の最後だ」

　飄々とした態度のマルコとは対照的に、バティスタは険しい表情で捨て台詞を吐くと、踵を返して同時に逃げ出した。

「待て！」

「……逃しません」

　オフィーリアとイルゼが反応し、二人を追いかけようとするけど。

「二人とも、追わなくていいよ」

「っ！　何故だ！　みすみす逃すつもりか！」

　二人を制止すると、オフィーリアが吠えた。

　まあ、彼女の性格からすれば、当たり前だけど納得できないよね。

「考えてみてください。今回のことが誰の仕業なのか、はっきりとしたんです。なら、あとはこのことをボルゴニア王国とミネルヴァ聖教会に報告すれば、全て解決するんですから。それでいいですよね？」

僕は暗闇に向け、問いかけた。

すると。

「……聖女殿」

「…………………………」

現れたのは、石化からすっかり回復した聖女だった。

どうして彼女がここにいるのかって？　もちろん、イルゼに連れてきてもらうように、僕がお願いしたからだよ。

少なくとも、バティスタが敵であることは分かっていたからね。同じところに彼女を置いていたら、危険だし。

「聖女様、お身体は大丈夫ですか？」

「はい。ルートヴィヒ殿下がくださった『吸魔石』のおかげで、このように元どおりになりました」

僕が聖女に駆け寄って尋ねると、聖女はお辞儀をして答えた。

だけど、その表情にはいつもと違い、影があって……。

「……バティスタの話、お聞きになりましたよね……？」

「ええと……悪魔を崇拝しているっていう……」

曖昧に答えた僕に、聖女は自虐的な笑みを浮かべて頷く。

最初からそのことを知っていたので特に思うところはないけど、彼女はすごく気にしているようなので、僕としてはいたたまれないんですけど。

「うふふ、聖女の私が悪魔ディアボロを崇拝するなんて、おかしいですよね。敬虔な信者であるバティスタが怒ってしまうのも、無理はありません」

「…………………………」

「……ルートヴィヒ殿下も、幻滅なさったでしょう……？」

聖女が、僕の顔を覗き込む。

サファイア色の瞳に、不安や怯え、悲しみ、苦しみ、そんな負の感情ばかりを湛えて。

「デュフフー。どうして僕が、幻滅しなければならないのでしょうか」

「え……？」

「石化で苦しんでいた聖女様に、僕ははっきりと言いましたよね？『聖女だからじゃない。あなたが尊敬できる女性、ナタリア＝シルベストリだから』って」

「あ……」

「だから、あなたが女神ミネルヴァを崇拝していようが、悪魔ディアボロを崇拝していようが、どうでもいいんです。僕にとって、あなたがナタリア＝シルベストリであれば、それでいいんですから」

「ああああ……っ」

聖女の瞳から涙が溢れ、くずおれる。

そうだとも。何を崇拝するかとか、そんな些細なことで人の価値が決まってたまるか。

それを言うなら、僕なんてエロゲが大好きな喪男の〝醜いオーク〟だぞ。チクショウ。

「さあ！　僕達と一緒に、こんな真似をしでかしたロレンツォ枢機卿と、こじらせた変態野郎のバティスタを痛い目に遭わせてやしましょう！　それこそ、女神ミネルヴァと悪魔ディアボロの罰を与えてやるんです！」

「本当に……本当に、あなたという人は……っ」

「ブヒ⁉」

抱き起こした僕の胸に、聖女が飛び込んできた。

こ、この展開はちょっと予想外だった。しかも彼女、その巨大なお胸様をメッチャ押し付けてくるんですけど。ふにゅん、ってなったんですけど。

だけど、まあ。

「ぐす……うふふ……」

あの『醜いオークの逆襲』でも晴れることのなかった闇が消え去り、涙も相まって澄み切った青空のような聖女の瞳を見て、僕は頬を緩めた。

「え、ええと……イルゼ？」

「はい、何でしょうか？」

「……いいえ、なんでもないです」

はい。ボルゴニア王国の国王への謁見のために控え室で待機しておりますが、イルゼの瞳はハイライトが消えっぱなしです。

もちろん、話しかければ今みたいに答えてくれるけど、僕達の間には超大型巨人でも侵入できないほどの巨大な壁がそびえ立っております。泣きたい。

加えて。

「うふふ……ボルゴニアの皆様がご用意してくださったこのお菓子、美味しいですよ？」

「せ、聖女様。さすがにそのような行為は……」

「大丈夫ですよ。ここには、私とルートヴィヒ殿下しかいません」

ちゃんといるよ？　イルゼとオフィーリアとクラリスさんが、ジト目で僕達を見ているよ？目が節穴なのかな。

とにかく、マカロンを口に咥え、口移しをしようとしてくる聖女に、僕はさっきから頭を抱えっぱなしだよ。逃げ出したい。

「それに、ルートヴィヒ殿下は以前、イルゼさんとフラッペを一緒にお飲みになりましたよね？あれと同じですよ」

いや、全然違いますから。

ちゃんとストローは別々ですし、口移しじゃありませんから。

「ね、ねえ、イルゼも何か言ってよ……」

「別に、よろしいのではないでしょうか」

ぐ、ぐふう……顔を背けられてしまった。

イルゼに嫌われたら、今度こそ僕は破滅エンドまっしぐらになってしまう。

「聖女殿、ルートヴィヒ殿下が困っているではないか。それに、今はそのようなことをしている場合ではないだろう」

「……仕方ありませんね」

見かねたオフィーリアにたしなめられ、聖女は渋々僕から離れてマカロンを一人で頬張った。

オフィーリア、よく言ってくれたよ。

だけど、マカロンをそんなエロい食べ方をするヒロインを、僕は初めて見たよ。

「そ、それにしても遅いね」

「はい……」

かれこれ二時間も待っているけど、一向に呼ばれない。

配下や身分の低い者が謁見をするのならともかく、僕はバルドベルク帝国の皇太子でオフィーリアはブリント連合王国の第四王女、聖女はそのまま聖女だ。

しかも、ポルガに関わる大事な話だと伝えてあるのに、これはいくらなんでもおかしいよ。

「……ルイ様、私が様子を見てまいりましょうか？」

「ううん。そんなことをして万が一のことがあってはいけないから、君は僕の傍にいて」

「かしこまりました」

正直、そんな瞳をしたイルゼを野放しにしたら、何が起こるか分かったものじゃない。

とにかく、僕の傍にいてもらわないと。

それから待つこと、さらに一時間。

「お待たせいたしました。準備が整いましたので、どうぞ謁見の間へ」

「ハア……ようやくか」

僕は腰を上げ、思わず溜息を吐いて本音を漏らした。

呼びに来た侍従は怪訝な顔をしたけど、僕だってそんなに余裕があるわけじゃないんだよ。

帝国とブリント連合王国からの『吸魔石』の輸送もまだ始まっていないし、こうしている間にもポルガの人々は苦しんでいて、中には亡くなってしまっている人だって……。

焦りともどかしさで、僕は唇を噛む。

――ギュ。

「あ……」

「ルイ様、ご心配には及びません。ボルゴニア国王に進言してポルガ救済に動けば、きっと救うことができます」

デュ、デュフフ……イルゼにはお見通しだったか。

怒っていても、それでもこうやって僕の手を握って、支えてくれるんだね。

君が僕の従者で……ルートヴィヒが最初に出逢うヒロインで、本当によかった。

「ありがとう。やっぱり、僕には君しかいないよ」

「っ！　……ありがとうございます」

感謝の気持ちを素直に伝えたら、イルゼは顔を逸らしてしまった。

でも、どうして耳が真っ赤なんだろう。これじゃまるで、ツンデレまたはクーデレヒロインみたいな反応じゃないか。

「うわあ……これはイルゼさんも、色々と大変そうですね……（ポツリ）」

「？　クラリスさん、どうかしました？」

「いいえ、なんでもありません」

「？」

クラリスさんの視線が少し痛いけど、ま、まあいいか。

それよりも、今すべきことはボルゴニア国王に真実を知ってもらうことだ。

僕は気を引き締め、開け放たれた謁見の間の扉をくぐると。

「ルートヴィヒ殿下、オフィーリア殿下、それに聖女様。よくぞまいられた」

そう言って歓迎の言葉をくれたのは、玉座に座る見た目三十代くらいのボルゴニア国王、ディニス＝デ＝ボルゴニアだ。

「ディニス国王陛下にお目通りが叶い、恐悦至極に存じます」

「うむ。それで、ポルガの件で大事な話があるとのことだが……」

「はい。実は……」

僕はポルガの実情、ミネルヴァ聖教会……というより、ロレンツォ枢機卿の暗躍について詳細に説明した。

「証拠となる『石龍の魔核』も僕達で確保し、ポルガの住民を救う『吸魔石』についても、帝国とブリント連合王国で急ぎ輸送の準備もしております。特に石化の進行が速い住民を、この国の『吸魔石』で優先的に治療すれば、人々は救われます。国王陛下、どうかお慈悲を……」

そう言うと、僕は再び平伏する。

これはボルゴニア王国内の問題であり、僕達がこんなへりくだる必要なんて一切ない。ましてや、住民を救うことだって。

でも……それでも、僕は救うと決めた。

聖女の頑張りが、報われてほしくて。

「ふむ……実はな、配下の者達からは、このような報告を受けている。『ミネルヴァ聖教会の教皇派……つまり、聖女様が、今回のポルガの混乱を引き起こした』とな。リカルド大臣」

「はっ！」

ディニス国王に声をかけられ、小太りの男……リカルドが一歩前に出た。

「今回のポルガの原因不明の病については、ミネルヴァ聖教会の仕業であることは調べがついております」

どこか得意げな様子で、リカルドは説明を始める。

首謀者であるミネルヴァ聖教会は、教皇派と枢機卿派で分かれており、教皇派は今回の事態を引き起こして住民達を救済することで、さらなる信者を獲得し、勢力を拡大させることが目的だったと。いわゆるマッチポンプというやつだ。

石化の病を引き起こす『石龍の魔核』については、バルドベルク帝国がガベロット海洋王国から購入し、それを教皇に横流ししたのだと。

「ここに〝醜いオーク〟と呼ばれるルートヴィヒ皇子と、聖女が共にいることが何よりの証拠。さすがにブリント連合王国も荷担しているとは、思いもよりませんでしたが」

「っ！　なんだと！」

冷ややかな視線を送ってそう言い放つリカルドに、オフィーリアは思わず立ち上がって吠えた。

だけど……ちょっとしてやられたなあ。

おそらく、ポルガの一件を僕達に突き止められたことを受けて、枢機卿側が急ぎ手を打ったんだろう。

ひょっとしたら、謁見までにあれだけ待たされたのも、事前に仕込んでいたに違いない。

「お待ちください、ディニス陛下。リカルド大臣がおっしゃることが事実であるとするならば、こうして僕達がポルガのことを報告しに来る理由がありません」

僕は冷静に、リカルドの説明の矛盾点を突く。

ここで怒りに任せて訴えても、逆に不信感を与えることになりかねないからね。

「うむ……確かにルートヴィヒ殿下の言うことにも一理ある」

「っ！　陛下、騙されてはいけませんぞ！　おい、彼等をここへ！」

「はっ！」

リカルドが側近の一人に声をかけると、謁見の間の扉が開かれる。

入ってきたのは、豪華な装飾品に身を固めた高位の神官が三名と、その後ろに守るように控えている聖騎士が十名だった。

その中には、マルコとバティスタの姿も。

「さあ、この者達に言ってやってくだされ！　我が国に土足で踏み込み、ポルガを好き放題荒らした連中の所業を！」

「かしこまりました。バティスタ」

「はっ」

神官の一人に声をかけられ、バティスタがディニス国王の前……僕達の隣に来て傅（かしず）いた。

その顔に、下卑た笑みを湛えて。

「俺は、聖騎士マルコとともに聖女様の従者としてここボルゴニア王国に来ましたが、聖女様から言われたのです。『ポルガの民を救う必要はない』と」

「…………………」

「不思議に思い理由を尋ねると、聖女様はまるで悪魔のようなおぞましい表情で嬉しそうに話しました。先程、リカルド大臣が話した内容と同じことを。ですが、それも納得です！　何故なら、俺は見たのだ！　聖女でありながら、不潔にも悪魔ディアボロにその身を捧げるところを！」

バティスタは立ち上がり、聖女を見て叫ぶ。

その表情は、怒りと憎しみに満ちていた。よっぽど聖女の本性がビッチだったことに、ショックを受けたんだろうなあ。馬鹿じゃない？

だけど。

「満足したか？　この変態ストーカー」

「っ⁉　な、なん……？」

「勝手に自分の理想を押しつけて妄想して、それだけじゃ我慢できずに人のプライベートを勝手に覗いて、その上勝手に幻滅して逆恨みしたんだろ？　間違いなく変態だよ」

「っ！　だ、黙れ！」

「黙らないよ。自分のしでかした変態行為を棚に上げて、好き勝手言ってるんじゃないよ」

よせばいいのに、僕も立ち上がってバティスタに言い放ってしまった。

誰かを辱めるなら、自分も同じ目に遭うってことを理解しろ。というか、僕の仲間を貶されて、黙っていられるか……って、いつから腹黒聖女が仲間になったんだよ。

「デュフフ」

自分で自分にツッコミを入れて、思わず苦笑した。

「き、貴様あああああああッッッ！　この俺を愚弄するなッッッ！」

このストーカー、自分が馬鹿にされて笑われたものだと勘違いしたみたい。

身に覚えがあるから、そんなにキレるんだよ。

ほら、ディニス国王をはじめとしたボルゴニア王国の面々だけでなく、仲間であるはずの教会の連中ですらバティスタに疑いの目を向けているじゃないか。

「み、皆様もご覧になられたでしょう！　あの、まさしく〝醜いオーク〟を象徴するかのような嗤い方を！　あの男の言葉など、信用できるはずがない！」

自分を守るために、矛先を僕に変えようと必死だなあ。というか、ポルガや聖女の話はどこに行ったんだよ。

「ふう……見苦しい」

「……へ、陛下？」

「見苦しいと言ったのだ。リカルド大臣よ、私は一体何を見せられているのだ。あろうことか聖女様が悪魔に身を捧げたとか、それを従者の身でありながら不埒にも覗いていたなどと……」

こめかみを押さえ、辟易とした表情でかぶりを振るディニス国王。

バティスタの馬鹿のせいで、出来の悪いコントのような雰囲気になってしまったからね。心中お察しします。

「もういい。とにかく、どちらが正しいにせよ、ポルガの一件はミネルヴァ聖教会の仕業であり、原因となったものは取り除かれた。あとは、『吸魔石』があれば国民を救うことができる。これは事実だ」

「「「「…………………………」」」」

ディニス国王の言葉に、謁見の間にいる全員が押し黙る。

僕？　僕はもちろん、ほくそ笑んでおりますが何か？

「ならば、私がすべきことはただ一つ。バルドベルク帝国とブリント連合王国の支援を待たず、急ぎポルガの住民達に『吸魔石』を与えるのだ！　もはや一刻の猶予もならぬ！」

「「「「は……ははっ！」」」」

リカルドをはじめ側近達は一斉に跪き、首を垂れた。

本当に、ディニス国王が民を想う優れた王様でよかったよ。

「ルイ様、お見事でした」

「うむ！　これでポルガを救えるぞ！」

「やりましたね！」

「ルートヴィヒ殿下……ありがとうございます」

イルゼが、オフィーリアが、クラリスさんが、そして……聖女が、最高の笑顔で僕を囲んだ。

どうなるかと思ったけど、最後は上手くいってよかったよ。

とはいえ、ボルゴニア王国とミネルヴァ聖教会が完全に袂を分かち、聖女の評価も地の底まで落ちてしまったことは事実。

それに。

「「「「………………………」」」」

忌々しげに僕達を睨んでいる、枢機卿派の連中。

バティスタなんて、自分のせいでこんな結果になったものだから、今にも飛びかかってきそうだよ。

ということで。

「さあ、用件は全て終わりましたから、早くここを出ましょう」

「む。あの連中は捨ておくのか？」

「先程ディニス陛下もおっしゃったように、少なくともミネルヴァ聖教会の仕業であることはボルゴニア王国も認識しています。なら、教会に対して正式に抗議するでしょうし、そうなったら首謀者であるロレンツォ枢機卿とその一味が責任を追及されるのは間違いありません」

「ですがルートヴィヒ殿下、枢機卿派は決して非を認めないと思われますが……」

クラリスさんの指摘はもっともだ。

だけど、もちろんそれも考えているよ。

「大丈夫。原因となった『石龍の魔核』は、僕達が押さえています。あのリカルド大臣も言っていましたが、『石龍の魔核』はガベロット海洋王国から入手したと。なら、取引先を調べれば犯人が誰なのか、明らかになりますよ」

普通なら、顧客情報を他人に漏らすなんてことはないだろうけど、何といっても帝国は大のお得意様だからね。今後のことを考えても、すぐに教えてくれるはずだよ。

「そこまでお考えとは、さすがはルイ様です」

「デュフフ、ありがとう」

イルゼに褒められ、有頂天の僕。単純だよね。

「そういうことですから、僕達もポルガでの『吸魔石』の配布を手伝いましょう！」

「そうだな！　我々の手で救おうではないか！」

今もなお僕達を睨んでいる枢機卿派の連中、そしてバティスタとマルコを無視し、僕達は意気揚々と謁見の間を出てポルガへと向かった。

「ありがとうございます……これで、妻が助かります……っ」

聖女の手から『吸魔石』を受け取り、おじさんが両手を組んで拝み、涙を零した。

ディニス国王の迅速な指示によって、特に石化の進行が進んでいる住民には『吸魔石』が行き届いたが、それでもまだ、多くの住民は『吸魔石』の順番待ちをしている。

ただ、ありがたいことにバルドベルク帝国がガベロット海洋王国から大量に『吸魔石』を買い付けたとの連絡もあり、早ければ一週間以内には第一陣が到着する見込みとのこと。

とにかく、これでポルガの危機は脱したとみて間違いないだろう。

「ルートヴィヒ殿下……やったな」

「はい」

僕の隣にいるオフィーリアが、ポン、と肩を叩き、笑顔で頷く。

その時。

「貴様等、邪魔だ！」

「道を開けろ！　開けるのだ！」

『吸魔石』を求めて並ぶポルガの住民を押しのけ、現れたのは……ボルゴニアの兵団？

その兵団の奥にいるのは。

「ルイ様。謁見の間にいた教会の者達と、リカルド大臣がおります」

「……へえ」

いつの間にか僕の背後にいるイルゼが、耳打ちする。

となると、そういうことでいいのかな？　いいんだろうな。

「これはどういうことですか？　ディニス国王陛下より、最優先でポルガの人達を救うように指示が出ているのに、あなた方は邪魔をしに来たんですか？」

僕はイルゼ達とともに兵団の前に立ち、周囲の人々にも聞こえるように大声で尋ねる。

少しでも民意を得て、正当性を主張したいからね。

「黙れ！　重罪人、聖女ナタリアよ！　ポルガを混乱に陥れた罪で、貴様を拘束する！」

「…………………」

なるほど。さすがに帝国やブリント連合王国と事を構えることを避けるために、あえて聖女だけを捕まえに来たわけだ。

馬鹿だなあ。僕達が、それを許すはずがないのに。

「ルートヴィヒ殿下。私なら……」

「断る」

　迷惑をかけまいとして前に出ようとした聖女を制止し、僕ははっきりと告げた。

「ほう？　それは、今回の一件について、ルートヴィヒ殿下とオフィーリア殿下も荷担しているということでよろしいのですかな？」

　兵士達をかき分けて現れたリカルドが、口の端を吊り上げる。

　まるで誘いに乗ったみたいで癪だけど、せっかくだから受けて立つよ。

「荷担も何も、僕達が大切な仲間である聖女様の味方なのは当然じゃないか。大体、そのことについては謁見の間でも決着はついていないよね？　こんなディニス陛下の命令を無視するような真似をして、リカルド大臣こそ問題なのでは？」

「ククク……本当に浅はかですな、ルートヴィヒ殿下。元凶である聖女とあなた方を捕らえ、全てを明らかにすれば陛下にもお分かりいただけるのですよ」

　くつくつと嗤うリカルドと同様、奥にいる枢機卿派の連中も下品な笑みを隠さない。

　やっぱりリカルドと枢機卿派は、最初からグルだったわけだ。

　本当に……反吐が出る。

「ルイ様、いかがなさいますか……？」

　見る限り、ボルゴニアの兵士の数は百人を超える。その後ろにも、バティスタ達聖騎士の連中が十人も。

対して、こちらは六人。普通に考えればジリ貧だ。

でも……この連中がここまで大規模に動いたのは、それだけ僕達の存在を恐れているから。

先程の口振りからも、このことがディニス国王に知られたらまずいだろうね。

なら。

「僕とオフィーリア殿下で殿（しんがり）を務めるから、イルゼはクラリスさんと一緒に、聖女様を守ってディニス陛下にこのことを伝えるんだ」

遠距離ならともかく、ここまで密集している状態だと魔法特化型の聖女は不利な上、仮に攻撃魔法を放てばポルガの住民達にも被害が出てしまう。何より、僕達も彼女を守る余裕もない。

それに、僕とオフィーリアだけなら、イルゼ達がディニス国王のところにたどり着くまで、耐え抜くこともできる。

「で、でしたら……いえ、なんでもありません」

イルゼも、僕の案が最適だと思ったんだろう。

彼女は、悔しそうに唇を噛んだ。

「デュフフ、大丈夫だよ。オフィーリア殿下だっているし、君も知ってのとおり、僕は防御だけは得意だから」

「ルイ、様……」

「だから……みんな、行けえええええええええッッッ！」

その合図とともに、僕とオフィーリアは剣を抜き、イルゼ、聖女、クラリスさんが踵を返して走り出した。

さあ……三人が逃げ切るまで、オフィーリアと一緒に絶対にここを死守しないとね。

「フフ……一騎討ちでは剣を交えたが、今度は肩を並べてともに戦うのか。だが、よくぞこの私を選んでくれた」

「剣を交えたからこそ、あなたの強さを誰よりも知っていますから」

「それはこの私も同じだ」

迫りくる兵士達を前にして、僕とオフィーリアはこつん、と拳を合わせた。

こう言っちゃなんだけど、『醜いオークの逆襲』最強の攻撃力を誇るヒロイン、オフィーリア＝オブ＝ブリントが仲間だということが、こんなにも心強いなんてね。

今の僕は、誰にも負ける気がしないよ。

「オフィーリア殿下……連中の攻撃は僕が全部引き受けます。あなたは、思う存分蹴散らしてください！」

「任せろ！」

まずはオフィーリアが一歩前に出て、身体を思いきり捻る。

そして。

「ストーム……ブレイカアアアアアアアアアアッッッ！」

「「「「っ⁉」」」」

大剣がうなりを上げ、前列にいた兵士……いや、後方の者達も巻き込み、全てを弾き飛ばした。

元々、オフィーリアの最強スキル【ストームブレイカー】も、本来は拠点防衛に特化したもの。敵に極大ダメージを与えつつ十マス分の距離を弾き飛ばせるのだから、こちらの態勢を立て直す意味でも、本当に優れたスキルだと思う。

とはいえ。

「っ！　ルートヴィヒ殿下！　任せたぞ！」

「はい！」

この【ストームブレイカー】は二ターンの間行動不能になってしまうから、オフィーリアが再び動けるようになるまでは、僕が絶対に守り抜く。

「デュフフフフ！　オマエ達のような雑魚、〝醜いオーク〟の僕でも楽勝だよ！」

「「「「なにいッッッ！」」」」

デュフフ、馬鹿だなあ。

僕の挑発にまんまと乗って、おかげでヘイトが集まったよ。

兵士達はオフィーリアではなく僕に殺到し、次々と攻撃を仕掛けてくる。

だけど。

「クソッ！　全部防がれる！」

「〝醜いオーク〟のくせに、どうなっているんだ！」

僕だって、イルゼに散々鍛えられ、あの一騎討ちでもオフィーリアの攻撃を全部防いでいるんだ。先程放った、【ストームブレイカー】さえも。

モブで、しかも上位ユニットですらないただの兵士の攻撃なんて、今の僕に通用するもんか！

「よくぞ耐えてくれた！」

「オフィーリア殿下！」

入れ替わるように、オフィーリアが僕に群がっていた兵士を蹴散らした。

これなら、イルゼ達が逃げる時間を充分に稼げる。

オフィーリアの強烈な一撃を受けた兵士は、甲冑がひしゃげ、地面に転がって呻き声を上げる。

それならまだ幸運なほうで、ピクリとも動かない兵士は、息絶えている可能性が高い。

でも、僕達だって兵士達から殺気の込められた剣を向けられているんだ。

だから。

「死にたい奴はかかってこい！　僕達は、絶対に引き下がらないぞ！」

「うむ！　全員、このカレトヴルッフの錆にしてくれるッッッ！」

僕の口上に応えるように、オフィーリアが咆哮した。

兵士達は怯み、距離を取って膠着状態となる。

すると。

「うおおおおおおおおおおおおおッッッ！」

雄叫びを上げて突っ込んできたのは、後ろに控えていた聖騎士達。その先頭に、バティスタを据えて。

——ガキンッッッ！

「フン……ここで、全ての元凶である貴様を無残に斬り殺し、俺を裏切った聖女様にも、この手で報いを受けさせてやる。もちろん、この俺の慰み者としてなッッッ！」

「黙れ！　この変態ストーカー！」

バティスタの剣を受け止め、逆に僕は押し込んでいく。

そもそも、僕の体重が三百キロ超であるのに対し、バティスタは甲冑を含めても百キロもないだろう。体重差が二百キロ以上もあれば、僕が押し負けることはあり得ない。

「ルートヴィヒ殿下！」

「クハ、行かせませんよ」

僕達の戦いを邪魔させまいと、オフィーリアの前にマルコと残る聖騎士が立ち塞がる。

その間にも、ボルゴニアの兵士達が取り囲んでいた。

「そうだ！　そのまま二人を制圧しろ！」

いつの間にか兵士達の後ろの安全な場所に移動していたリカルドと神官達が、調子に乗って指示を出している。

今すぐ殴り飛ばしてやりたいけど、今の状況じゃそれは絶対に無理だ。

「貴様、どけえええええええええええッッッ！」

「クハハ！　させませんよ！」

僕がバティスタと戦っているせいで、【ストームブレイカー】を放てないオフィーリアが、思うように戦うことができない。

　というか、マルコは自身の実力もさることながら、他の聖騎士と連携してオフィーリアの攻撃を巧みにいなしており、かなり戦い慣れしている。

　オフィーリアのほうが段違いで強いことは間違いないけど、こう手玉に取られては、なかなか厳しい。

「ハア……いい加減、もういいんじゃないかなあ」

「フン、大人しくこの剣の錆になる決心がついたか」

「貴様に言ったんじゃないよ」

　その時。

「ぐあっ⁉」

「な、なに……っ⁉」

　聖騎士が二人、目を見開いて地面にくずおれた。

　どうしてかって？　それはもちろん。

「クハ、すみませんねえ。たった今から、寝返ることにしますよ」

「っ⁉　マルコ、貴様ああああああああッッ！」

　突然のマルコの裏切りに、バティスタが青筋を立てて叫ぶ。

　その隙に。

「お……お、ぐ……っ⁉」

「デュフ、ざまぁ」

僕はバティスタの股間を、思いきり蹴りつけてやった。

ひょっとしたら二度と使い物にならないかもしれないけど、ストーカーをするような奴だから、もっと過激な性犯罪に走る恐れがあるからね。ヒロイン達を守れたかと思うと、誇らしいよ。

「ど、どういうことだ⁉　どうして……」

「決まってるじゃないですか。マルコ君は、最初から僕達の味方だったってことですよ」

状況が分からず目を白黒させるオフィーリアに、僕は淡々と告げた。

そう……そもそも、石化の病の正体を知ったのは、マルコが『吸魔石』を落としたことがきっかけだ。

というか、あんなあからさまなミスを犯すなんて、普通に考えてあり得ないよね。

それに、僕達がこの国に来たのも、マルコの手紙が発端だ。聖女を陥れるためなら、わざわざ呼ぶ必要もない。

何より。

「マルコ君は常に聖女様を監視したい変態ストーカーと違って、学院にいる時もずっと聖女様のことを守っていましたからね」

いつも面倒くさそうにキョロキョロしていたり、ふざけたりしているように見せて帝都の広場でも聖女の傍を離れていたのは、常に周囲を警戒し、怪しい者を排除していたから。

それは、時折見せる鋭い視線を見てすぐに分かった。本当に、バティスタと違って働き者だよ。

「だ、だが、それなら聖女殿を石化の病で危険な目に遭わせる必要は……」

「そこは、バティスタが常に監視していたからだと思いますよ。そうだよね？」

マルコに話を振ると、彼は苦笑した。

「クハ……せっかくルートヴィヒ殿下を驚かせようと思ったんですけどねえ……」

「それにしては、ちょっと演技が下手だったんじゃないかな」

残っていた最後の聖騎士を斬り伏せ苦笑するマルコに、僕はおどけてみせた。

「え、ええい！　我々を裏切った聖女や〝醜いオーク〟に荷担するとは、この不届き者め！」

「主ミネルヴァの天罰が下るぞ！」

枢機卿派の神官達が、マルコに向かって次々と罵倒する。

むしろ、救済する側であるはずなのに人々を苦しめた、オマエ達に天罰が下るよ。

「それはさておき、イルゼ達は無事にディニス陛下の下までたどり着いたかな」

「そうだな。これだけ時間を稼げば、クラリスとイルゼがいれば無事逃げおおせただろう」

「そっか……なら、もうこれ以上付き合う必要はないよね」

「クハ、そうですねえ」

さて……聖騎士は全て倒したとはいえ、まだ大勢のボルゴニアの兵士がいる。

しかも、こうも囲まれてしまっては、いくらオフィーリアの【ストームブレイカー】が全方位に対応できるスキルとはいえ、少々きつい。

マルコが戦力に加わったけど、スキル発動後に硬直したオフィーリアを、僕達二人では守り切れないだろう。

「……僕が突破口を開きますから、二人はその隙に逃げてください」

「馬鹿を言うな。平凡な攻撃しかできないルートヴィヒ殿下では無理だ。その役目は私が……」

「それこそ駄目ですよ。僕は、仲間に傷一つ負わせるつもりはないんですから」

「ハア……全く、貴殿は頑固だな。マルコもそう思うだろう？」

「まったくですねえ。やっと出番が回ってきたんですから、少しは活躍の場がほしいんですが」

三人揃って、僕達はやれやれとかぶりを振る。

状況は思わしくないのに、お互い顔を見合わせて笑ってしまった。

「なら、三人で切り抜けるというのはどうですか？」

「クハ、いいですねそれ。乗りますよ」

「うむ！」

覚悟を決め、僕達は身構える。

オフィーリア、マルコ……絶対に、二人を守ってみせるから。

「行くぞ！」

「おおおおおおおおおおッッッ！」

「シッ！」

「「「っ⁉」」」

僕達はくるり、と反転し、後方の兵士目がけて突撃する。

彼女が大剣を振り上げた、その時。

「があっ⁉」

「ぐふ……っ⁉」

突然、兵士の後方で悲鳴が上がった。

「こ、これは……」

状況が呑み込めず、僕達は茫然とする。

すると。

「ルイ様！」

「っ⁉　イルゼ！」

混乱する兵士の隙間を縫うようにくぐり抜け、イルゼが僕の目の前にやってきた。

「ど、どうして⁉　ディニス陛下のところへ向かったんじゃ……」

「ご安心ください。私達に援軍がまいりました」

「援軍、って……」

僕が目を凝らして見ると、ボルゴニア兵とは違う、マルコと同じ甲冑をまとった兵士達が場を蹂躙(じゅうりん)していく。

つまり、ここにきてさらに聖騎士が増援に来たのか⁉　だけど、ボルゴニア兵を攻撃しているってことは、僕達の味方、でいいんだよね……？

「まあまあ、間に合って何よりですね」

どこか気の抜けたような、のんびりした女性の声。

僕は、この声が誰のものなのか知っている。

それは。

——ミネルヴァ聖教会教皇アグリタ＝マンツィオーネ、その人だった。

その姿、『醜いオークの逆襲』の聖女の思い出の回想シーンで見た教皇のスチル、そのままだ。

ホワイトブロンドの髪を巫女のように垂髪にまとめ、開いているかどうか分からないような切れ長の垂れ目。

最強クラスの悪魔的スタイルを持ち、見た目二十代前半……いや、イルゼと同い年と言っても通用するくらいの顔立ちであるものの、その年齢については不明となっている。

まあ、女性の年齢を詮索するのは、マナー違反なのかもしれないけど。

だけど、彼女がどうしてここに……？

「それで……話は伺いましたが、私の可愛い聖女ナタリアに罪を着せ、捕らえようとしたのには、相応の理由がおありなのでしょうね？」

「「「「っ⁉」」」」

顔はにこやかなのに、教皇のプレッシャーが半端ない。

リカルドや神官達も、大量の冷や汗を流しているし。

「まあまあ、こちらとしてもナタリアは関係ないという証拠をお持ちしましたので、ゆっくりと話し合いましょう？　ええ、それはもうゆっくりと」

「「「「……………………」」」」

　こうなると、連中は蛇に睨まれた蛙みたいになっている。

　だけど……教皇の言う、証拠というのは……？

「彼等をここに」

「はっ！」

　教皇の指示を受け、聖騎士の一人と縄に縛られた十人の神官が前に出てきた。だけど、この縄の縛られ方、すごく見覚えがある。もちろん、調教パートで。

　というか、さすがにこの縛られ方は屈辱的というか、目覚めてしまいそうというか。実際、神官の一人は恍惚の表情を浮かべているし。

「あ、あの、教皇猊下。この者達はロレンツォ枢機卿とその一味……でしょうか？」

　僕は右手を挙げ、おそるおそる尋ねた。

「まあまあ、あなたはバルドベルク帝国のルートヴィヒ皇太子殿下でよろしかったかしら？」

「は、はい」

「ナタリアがいつもお世話になっております」

「あ、い、いえ、こちらこそ……」

　お辞儀をする教皇に、僕もつられてお辞儀で返す。

「ルートヴィヒ殿下のお見込みのとおり、この者達はミネルヴァ聖教会に泥を塗った不届き者ですわ」

「やっぱり」

「本当はもっと早くこの者達を引っ張ってきたかったのですが、全員を捕らえるのに少々手間取ってしまいました」

「そ、そうですか……」

頬に手を当て、眉根を寄せる教皇。

だけど、その言葉を額面どおりにとらえるわけにはいかない。

「それで、こうして愚かな者達をわざわざ連れてきましたし、今回の件に関わった方々が大勢いるようですので、せっかくですからこの場で事の顛末を全て明らかにしてしまいましょうか」

教皇は『それがいいわ』と両手を合わせ、ニコリ、と微笑んだ。

そんな彼女の美しさに、リカルドも神官達も目を奪われているし。チョロイな、コイツ等。

僕？　さすがに守備範囲外だよ。

大体、聖女ですら持て余しているのに、さらに面倒なキャラなんて相手にしていられるか。

「ロレンツォ枢機卿……いえ、今は主ミネルヴァに背いた、ただのロレンツォですね。さあ、早く説明なさい」

「…………………」

「まあまあ、恥ずかしくて言えませんか？　でしたら、私が代わりに語りましょう。あなた方の犯した所業を」

教皇は、今回の顛末の全てを詳細に語り始めた。

貯水池に『石龍の魔核』を投げ入れてポルガの住民を苦しめたのは、教皇がボルゴニア王国内でのミネルヴァ聖教会の影響力を高めるために仕組んだものとして、それを糾弾して教皇の権威を失墜させることが目的だったようだ。

ついでに言えば、教皇の次の後継者と言って差し支えない聖女の排除も含まれていた。

ここまでは、僕達も推理していたことだ。

「面白いのは、ロレンツォ達の『石龍の魔核』の入手方法です」

「と、というと？」

「ロレンツォ達はあろうことか、ベルガ王国から『石龍の魔核』を購入したようなのです」

「っ⁉」

教皇の言葉に、僕は思わず息を呑む。

僕はてっきり、『石龍の魔核』はガベロット海洋王国から入手したものだと思っていた。それが、まさかソフィアの実家である、ベルガ王国が絡んでいたなんて……。

「で、ですが、ロレンツォとベルガ王国は、どうして繋がっていたのでしょうか？　とても接点があるようには思えないのですが……」

「それは、この私から説明しよう」

「ディニス陛下！」

聖女の後ろから、ディニス国王が姿を現す。

どうやら、教皇と一緒にここまで来たようだ。

「私の母である先代ボルゴニア国王の第二王妃は、元はベルガ王国の王族でな。そこにいるリカルドをはじめ、母上を支持していた貴族も少なくない。……実際、私はリカルド達母上の派閥の力を借り、異母兄弟を退けて国王の座に即いたのだからな」

なるほどね……少なくとも、この国がベルガ王国と接点があったことは理解できたよ。

加えて、僕達がリカルドに敵視された理由も。

「そして、この国のリカルドという大臣にあてた手紙が、ロレンツォ達の屋敷などから発見されました。もちろん、その反対にリカルド大臣からロレンツォ達にあてた手紙も」

教皇は、とどめとなる事実を言い放った。

あー……まさかとは思ったけど、この国の大臣であるリカルドが、国民の苦しみもいとわずにロレンツォ達と共謀していたなんて、思いたくはなかった。

本当に……本当に、だ……って。

「イルゼ……」

「ルイ様……だからこそ、最後まで見届けましょう。この者達の、全てが終わる瞬間を」

「……うん」

怒りのあまり唇を噛みすぎて血が出ているところを、イルゼがハンカチで丁寧に拭ってくれた。

そうだね……君の言うとおり、最後まで見届けよう。

この一連の事件に関わった、一人として。

「リカルドよ……ポルガに住む多くの民を苦しめた罪、決して軽くはないと思え」

「へ、陛下！　これはミネルヴァ聖教会の陰謀です！　教会が、バルドベルク帝国と手を組んで！」

「見苦しいぞ！　この者を捕らえ、王都まで連行せよ！」

「「「「はっ！」」」」

さっきまで自分に従っていた兵士達に捕らえられ、リカルドは連行されていった。

おそらく、極刑は免れないだろう。

「次は、あなた達ですね」

「「「っ⁉」」」

教皇に絶対零度の視線を向けられ、三人の神官が慄く。

ロレンツォ達と同様、あんないかがわしい縛られ方をするんだ。恐怖でしかないよね……って、一人だけ嬉しそうにしているのは気のせいかな？

その時。

「ぐ……ぐぐ……っ」

生まれたての小鹿のように、メッチャ内股で立ち上がる、一人の聖騎士。

僕に大事なところを蹴り上げられた、バティスタだった。

「お、のれ……おのれ、おのれ、おのれ、おのれ、おのれえええええええッッッ！　よくも……よくもこの俺をッッッ！」

「うるさい、もう終わったんだ。貴様も他の連中と同じように、観念したら……っ⁉」

怨嗟の言葉を繰り返して目を真っ赤に血走らせたバティスタが、懐から取り出したガラス瓶を掲げた。

あの中身……何か気持ち悪いものがウネウネしてない？

「聖女様……聖女様、聖女様、聖女様、聖女、聖女、聖女、聖女、聖女聖女聖女聖女聖女おおおおおおおお……っ！」


――オマエは、俺のモノだ。


バティスタがガラス瓶を地面に叩きつけ、粉々に砕ける。

その瞬間、中のうごめいていたものがバティスタの身体にまとわりついた。

あ、あれは……っ⁉

「みんな！　すぐにアイツから離れろおおおおおおおおおおッッッ！」

「「「「っ⁉」」」」

僕が叫ぶと、全員がバティスタから一斉に距離を取った。

「ルートヴィヒ殿下……あれが何なのか、知っているのか……？」

「…………………（コクリ）」

おそるおそる尋ねるオフィーリアに、僕は無言で頷く。

そう……僕はアレを知っている。

『醜いオークの逆襲』でアイテムとして登場する、オークやゴブリン、スライムと並んでエロゲ紳士諸兄垂涎（すいぜん）の魔物。

それが、あの『イヴィル・ローパー』。名前のとおり、触手である。

ただし、イヴィル・ローパーを入手するためには、一度本編をクリアする必要があり、二周目以降に商品にラインナップされる。

入手後は、調教パートにおいてそれはもうヒロインの穴という穴に侵入し、触手から分泌される粘膜の衣服を溶かす効果と媚薬成分によって、ヒロインの姿を中途半端に露わにし、快楽へと陥れる素晴らしい……ゲフンゲフン。凶悪極まりないアイテムなのだ。

「まあまあ……これは大変ですね……」

「あらあら……本当ですね……」

並び立つ教皇と聖女が顔を紅潮させ、ペロリ、と舌なめずりしてイヴィル・ローパーを凝視している。二人共、絶対にアレの使い道を理解してるだろ。

「なるほど……バティスタは、魔に魂を委ねたか……」

「そのようですね……」

険しい表情で呟くオフィーリアとクラリスさんを見て、僕は一瞬だけ、この二人をあの触手の中に放り込みたい衝動に駆られてしまった。最低だよ、僕。

だけど、エロゲ紳士諸兄なら分かるよね？　くっ殺女騎士と触手は、最高の組み合わせ（マリアージュ）だってことを。

さて、困ったぞ。

何といっても、イヴィル・ローパーは魔物ではあるけどアイテムであり、そもそも倒すことができるのかどうかすら分からない。

とりあえず、近づいてみると。

「っ⁉」

イヴィル・ローパーの触手が鞭のようにしなり、僕目がけて襲いかかってきた。どうやらコイツ、男女問わずに襲ってくるみたいだ。

エロアイテムのため、ひょっとしたら男は対象外かと思ったけど、そんなことはなかったよ。どうしよう。

「ルイ様。いかがいたしますか？」

「うん……この魔物は、僕とマルコ君で対処するよ。みんなは下がってて」

「ク、クハ……仕方ないですねえ……」

ひょっとしたら、マルコもこの魔物の正体に気づいているのかもしれない。いつも飄々とした彼にしては珍しく、青ざめた表情で剣を構えた。

「い、いくぞ！」

僕とマルコが同時に斬りかかると、無数の触手が僕達を襲う。

「く……っ！　この！」

「や、厄介だねえ……っ！」

いくつも斬り落とすけど、触手はそれ以上に伸びてきて、これじゃきりがない。

だけど、物理攻撃は通用するみたいでよかったよ。

「っ⁉　し、しまった⁉」

僕の双剣スタイルは、攻撃ではなく防御特化型。思うように防ぐことができない僕の手足に、触手がまとわりついて動きを封じてきた。

「クハ！」

それを見たマルコが、僕に絡みついている触手を斬り落としてくれた。

「ご、ごめん。助かったよ」

「それはいいですけど、本当に困りましたねえ……私も、さすがに触手に後ろの初めては奪われたくないですよ」

あ、やっぱりマルコも気づいていたんだ。

そうなんだよ。この触手、僕を拘束した途端に下半身に狙いを定めたんだ。誰もＢＬ展開なんて求めてないっていうのに……って⁉

「イルゼ！　みんな！」

「「「っ⁉」」」

なんとイヴィル・ローパーの触手が、建物の死角を突いてイルゼ達の背後に迫っていた。アイテム扱いのため、イルゼの【千里眼】に反応していないみたいだ。

このままじゃ、みんなが触手の餌食になってしまう……！

「くっ！」

「させませんよ！」

僕とマルコは同時に駆け出し、ヒロインの元へ向かった。

「教皇猊下、聖女様！」

「まあまあ、私達は大丈夫です」

間に合ったマルコが触手を斬り刻むと、何故か残念そうな顔をする教皇。ビッチの聖女ならともかく、教皇までそうだとは思わなかった。似た者同士だったよ。

「このおおおおおおおおッッッ！」

オフィーリアが大剣で触手を斬り落とすが、リーチが長い分、取り回しが利かずに攻撃が間に合わない。

クラリスさんも自分を守るのに手一杯で、とてもオフィーリアの救援に駆けつけることができないみたいだ。

「オフィーリア！」

「お任せください」

オフィーリアの元へ向かう僕の横をすり抜け、イルゼが駆け抜けると。

「っ！　す、すまない！」

「いえ」

何とか間に合ったイルゼが、触手を全て斬り落とした。

そう、思ったんだけど。

「っ⁉　まさか⁉」

一本だけ逃れていた触手がオフィーリアの真下……股の間に位置し、まさに狙いを定めていた。

このままじゃ、間違いなくエロゲマエストロ達が喜ぶ結果になってしまう……っ。

その時。

——ドン。

「っ⁉　イルゼ⁉」

「……………………（ニコリ）」

オフィーリアを突き飛ばし、僕を見て微笑むイルゼ。

彼女も触手に気づいたものの、間に合わないと判断したみたいだ。

一本だったはずの触手が無数に枝分かれし、宙に浮いた体勢のイルゼに襲いかかる。

このままだと、触手によってその美しい身体が蹂躙されてしまうだろう……って。

「させるかああああああああああああああッッッ！」

「あうっ⁉」

僕は思いきり地面を蹴って飛び上がり、入れ替わるようにイルゼに体当たりして触手に覆われてしまった。

でも……間に合ってよかった……。

ホッとしているのも束の間、全身を覆うぬめりと気持ち悪い感触に、僕は思わず吐きそうになる。

でも、今はそんなことよりも、コイツを倒して脱出することを考えないと。

——ずる、ずる。

どうやらイヴィル・ローパーは、僕を本体へと引きずり込んで、それから凌辱することを選んだみたいだ。

おかげで気持ち悪くはあるものの、僕の純潔は守られたままだ。よかった、本当によかった。

「ルイ様！　ルイ様！」

触手の向こう側で、イルゼの悲痛な声が聞こえる。

触手を切断する音が聞こえるものの、その刃が全然届いていないところをみると、僕の身体、相当巻きつけられているみたいだな……。

「手……動く、か……？」

僕は身をよじり、強引に両腕を動かしてみる。

すると、身体と触手の間に僅かに隙間が生まれ、双刃桜花の切っ先を引きずられる先へと向けることができた。

これなら……。

「イルゼ！　僕なら大丈夫！　だから……君は待っていて！」

「っ！　ルイ様！　私が必ず、あなた様をお助けいたします！」

「デュフフフフ！　大丈夫だって言ったよね！　僕は……ちゃんと君の元に、帰るから」

「ルイ様あああああああああッッッ！」

イルゼの叫び声が響く中、どうやら終着であるイヴィル・ローパーの本体までたどり着いたみたいだ。

見ると、バティスタだったものの胸にある巨大な眼球がこちらを凝視しており、背中と手足と股間が全て触手と化していた。

『ウ……ウ、ウ……』

だけど、悲しいかなバティスタの意思は存在せず、女子を凌辱することしか能のない魔物……いや、アイテムに成り下がっている。

双刃桜花の切っ先が、眼球目がけて向かっていることも理解していないみたいだ。

なら、あとはこの手を僅かに伸ばすだけで……。

――ずぐり。

『――――――ッ⁉』

「うわあっ⁉」

刃が巨大な眼球に突き刺さり、イヴィル・ローパーが僕ごと触手を振り回した。

地面や建物に僕を叩きつけるけど、イルゼとの特訓のおかげでダメージはない。

デュフフ……イルゼ、君との特訓が僕を助けてくれたよ。

イヴィル・ローパーはしばらく暴れた後、ようやくその動きを止める。

「ぷはっ！」

触手の隙間をこじ開けて顔を出すと、黄緑色の血を流して沈黙する、イヴィル・ローパーの本体……バティスタの姿があった。

「ルイ様！　ルイ様！」

「わっ⁉」

突然顔を柔らかい何か……って、イルゼの巨大なお胸様だけど、それに思いっきり挟まれた。

というか、触手なんかよりも窒息率が高いと思います。

「もう！　もう！　どうしてそんな無茶をなさるのですか！　それも……私などを救うために……っ」

いつもクールなイルゼが取り乱し、顔をくしゃくしゃにして僕を見つめる。

藍色の瞳に、涙を湛えて。

「デュフフ……僕が大切な君を助けるなんて、当たり前だよ。それに……って⁉」

ま、まずい⁉　イヴィル・ローパーの粘液のせいで、イルゼの服が溶けかかっている⁉

「イ、イルゼ！　今すぐ僕から離れて！」

「嫌です！　ルイ様をここからお救いするまでは……っ！」

「お願いだから！　胸！　胸を見てごらんよ！」

「胸って、またそんな……っ⁉」

ようやくイルゼも気づいたみたいで、こぼれんばかりのお胸様を両腕で隠し、慌てて僕から飛び退いた。

危うく僕も、イルゼのお胸様の生の触感を味わうところだったよ。名残惜しい。

「さて、じゃあ僕も……」

触手をこじ開け、両腕を抜き出してグイ、と身体を持ち上げた。

ふう……触手から抜け出た解放感かな。そよ風がすごく心地いい。

「「「「…………………」」」」

ん？　みんな、どうしてそんなに目を見開いているんだろう…………………あ。

「ああああああああああああああああああああああッッッ⁉」

僕は絶叫し、また触手の中へせめて下半身だけでもと潜り込ませた。

いやいやいやいやいやいや⁉　イルゼに注意した時点で気づけよ、僕！

僕のオークが、みんなにバッチリ目撃されちゃってるんですけど⁉

恥ずかしさのあまり鼻の下まで触手に埋まり、チラリ、とみんなの様子を窺うと。

「……わ、私、頑張ってみせます……っ」

「そそそ、そんなもの、私に見せるにゃ⁉」

「あらあら♪」

「まあまあ♪」

「ルートヴィヒ殿下……御立派様ですね」

顔を真っ赤にしてフンス、と意気込むイルゼと、両手で顔を覆い隠して怒りつつも指の隙間から凝視するオフィーリア。聖女と教皇に至っては、舌なめずりまでしているんですけど。

というか、クラリスさんはどうして『ご立派様』なんて言葉を知っているのでしょうか。僕、すごく気になります。

「ク、クハ……ご愁傷様ですねえ……」

「……ありがとうございます」

憐れみの表情で、羽織るものを手渡してくれたマルコ。

僕は彼の優しさに触れ、親友になれるかもしれないと、そう思った。

「……本当に、ルートヴィヒ殿下をはじめ、皆には感謝のしようもない」

「へ、陛下、そのようなことはおやめください！」

ディニス国王に深々と頭を下げられ、僕は慌ててそれを止める。

一国の王にそんなことをされたら、いたたまれないんですけど。喪男は、女子だけでなくカースト上位の人達も苦手なんだよ。

「だが、バルドベルク帝国やブリント連合王国からも充分すぎるほどの『吸魔石』が届き、ミネルヴァ聖教会による支援もあって、以前のポルガに戻ることができたことは事実だ」

「デュ、デュフフ……」

ロレンツォ達の陰謀によるポルガの石化騒動を解決してから二週間が経ち、ディニス国王の言うように街には人々の笑顔が溢れるようになった。

今は、教会とともに王国を挙げてポルガの復興を行っている。

なお、今回の騒動を引き起こしたロレンツォをはじめとした枢機卿派の主立った者達は、ポルガの住民の目の前で火あぶりの刑に処された。

聖女曰く、これは聖職者として最も恥ずべき刑であるらしく、ロレンツォ達は屈辱に塗れて処刑されたということだ。

ボルゴニア王国の大臣だったリカルドも、ロレンツォ達と共謀した罪で同じく処刑され、財産は全て没収、一族も国外追放された。

本来だったら家族も連座して処刑されるのだから、ディニス国王が寛大な処置を行ったことは言うまでもない。

ただ、残念ながら関与したとされるベルガ王国については、『石龍の魔核』を提供した以上の証拠を発見することができなかった。

これ以上はベルガ王国を直接調査するしか方法がないけど、そんなことは絶対にさせないだろうから、結局、真相は闇の中といったところだろうか。

とはいえ、ミネルヴァ聖教会を敵に回したことは間違いなく、教皇は色々悪巧みを考えているようだと、聖女が言っていた。

帝国からの圧力に曝される中、教会も参戦してきたのだから、ご愁傷様としか言いようがない。

自業自得だけど。

そして……バティスタは、イヴィル・ローパーが沈黙したと同時に、帰らぬ人となった。

ミネルヴァ聖教会が調べたところ、魔物は宿主に寄生するタイプだったようで、イヴィル・ローパーが息絶えれば、宿主も一緒に死んでしまうらしい。

ただ、あのような魔物はこの世界に存在しないらしく、バティスタが持っていたことも含めて調査に当たっているとのこと。

イヴィル・ローパーはアイテム扱いだから、魔物にカテゴライズされていないって可能性もあるけど。

……ひょっとしたら、ゲームでイヴィル・ローパーを売っていたガベロット海洋王国なら、何か知っているかもしれないな。

「それと……教皇猊下、此度(こたび)は助かった。貴殿から話を聞いておらねば、私はリカルドの言葉を鵜呑みにしていただろうからな」

「まあまあ、礼には及びませんわ。悪魔にとり憑(つ)かれた愚か者達がご迷惑をおかけしたことが発端ですし、ここはお互い様ということで」

「うむ……」

ああ、そういうこと。二人共、最初から裏で繫がっていたってわけか。

タイミングよく一緒に登場したことといい、道理で。

「それよりも、ナタリア……ごめんなさいね？　まさか、あなたまで狙われているなんて思いもよらなかったから……」

「うふふ、大丈夫です。私はルートヴィヒ殿下に救っていただきましたから」

「まあまあ、それは何よりね」

聖女と教皇が、微笑み合う。

ほんわかしているようにも見えるけど、この二人の腹黒さを知っている僕からすれば、次は何を企んでいるのかと思うと恐怖でしかない。ろくでもないことを考えていそう。

「ルートヴィヒ殿下……改めて、ナタリアを救ってくださり、ありがとうございました」

「ブヒ⁉　あ、ああいえ……まあ……」

教皇から突然頭を下げられ、慌てた僕は顔を伏せて謙遜してみる。ただでさえ絶世の美女なんだし、喪男の僕がまともに顔を合わせられるはずがない。

「そ、それより、ポルガが救われたことも見届けたし、僕達も帰ろう。休んでしまった分、授業の遅れを取り戻さないといけないから」

教皇のプレッシャーに耐えられなくなり、僕はイルゼに話を振る。

このままボルゴニア王国に滞在していたら、教皇のせいで余計なことに巻き込まれそうな予感がしてならないし。

「うむ。ここから先は、ボルゴニア王国とミネルヴァ聖教会の問題。私達にできることは、もうないのだからな」

「そうですね」

オフィーリアとクラリスさんが頷く。

「かしこまりました。では、すぐに『ポータル』の手配をいたします」

「うん、ありがとう」

そう言うと、イルゼは僕の目の前から消えた。

だけど……今回は、イルゼがずっと僕のことを支えてくれたね。だからこそ、僕はここまで頑張ることができたんだ。

というか、前世の記憶を思い出してからここまで、彼女にはずっと苦労かけてばかりだったなあ……。

見限られたら絶対に嫌なので、帝国に戻ったら有給休暇をあげないと。

「それで、聖女様はどうしますか？　教皇猊下とお会いするのは久しぶりでしょうから、別々に……」

「うふふ、まさか。私も皆さんと一緒に、帝立学院に帰りますよ」

「クハ、聖女様がお帰りになられるのなら、当然私もご一緒するだけですねぇ」

「そうですか」

まあ、二人がそうしたいなら僕に否やはない。みんなで帰ることにしよう。

「教皇猊下、ありがとうございました。そして、慌ただしいご挨拶で申し訳ありません」

「構いませんよ。それより、これからもナタリアをよろしくお願いしますね？」

「は、はい！」

教皇にギュ、と手を握られ、僕は思わず声が裏返ってしまった。

アレだよ？　決して僕は、教皇に籠絡されたわけじゃないからね？　何とも思ってないから。

いや、本当。

「ルイ様、お待たせしました」

「あ！　イルゼ、ありがとう！」

戻ってきたイルゼに駆け寄り、僕は労をねぎらうと。

「それでは、これで失礼いたします」

「うむ……ルートヴィヒ殿下、それに皆の者。またいつでもボルゴニアを訪ねるがよい」

「またすぐにお会いしましょうね」

教皇が何か不吉なことを言っているけど、無視だ無視。早く退散しよう。

僕はみんなと一緒に、そそくさと部屋を出ようとして。

「ルートヴィヒ殿下」

最後の最後で、教皇が僕を呼び止める。

「……何でしょうか」

「ルートヴィヒ殿下は、従者の方と仲がよいのですね？」

振り返ると、そんなことを尋ねてきた……って、確かにそう思うのも無理ない。

というか僕、無意識のうちにイルゼの手を取っているし。

デュフフ……でも、しょうがないよね。

だって。

「もちろんです！　僕の、大切な女性（ひと）ですから！」

僕は、満面の笑みで答えた。

幕間

■ナタリア＝シルベストリ視点

──全て・・に害をなす、真っ先に排除すべき男。それが、私の彼に対する評価でした。

教皇猊下が主ミネルヴァのお告げを受け、貧しい農家の娘として生を受けた私は、五歳の時にミネルヴァ聖教会の本部があるラティア神聖王国の『クインクアトリア大聖堂』で聖女の洗礼を受けました。

それから、聖女としての主ミネルヴァの教えを受けるとともに、私自身も聖女に相応しい能力を開花させ、十歳を迎える頃には、聖属性魔法において私の右に出る者はおりませんでした。

そんな特別な存在である自分を誇らしくありつつも、周囲からは貧しい農家の出ということで、やはり少なからず誹謗中傷を受けたりもしました。

まだ年齢的にも成熟しておらず、そのようなこともあってか、両親への恋しさを募らせ、私は教皇猊下にお願いしたのです。

『両親に、会わせてください』

と。

最初は困った表情を浮かべた教皇猊下でしたが、すぐに了承してくださり、私は晴れて故郷に帰宅……いえ、凱旋（がいせん）することになりました。

でも……待っていたのは、悲しい現実。

私は両親に、ミネルヴァ聖教会に大金で身売りされたことを知ったのです。

今となっては真実は分かりませんが、両親が教会に対して高額な金銭を要求したとのこと。

教会としても、聖女を保護しなければならないため、両親の要求を全て受け入れたそうです。

それからの私は、ただ主ミネルヴァに傾倒しました。

もう、両親に捨てられた私の唯一の価値は、聖女だということしかありませんから。

だから私は、聖女として何でもしました。

教会の顔としての外交、貧民街の救済、魔物の討伐……枚挙にいとまがありません。

そうすると、聖女であることしか価値のない私の心にぽっかりと穴が空き、それを埋めることもできず、むしろ広がっていくばかり。

気づけば私は、そのつらさから逃れるために、主ミネルヴァに仇（あだ）なす存在……悪魔ディアボロに、不浄を捧げてしまったのです。

といっても、不浄を男に捧げたのではなく、あくまでもディアボロの偶像にですし、大切な純潔は残されたままです。

とはいえ、聖女であるにもかかわらず主を裏切り、悪魔に身を任せてしまったのです。

主ミネルヴァに対する罪の重さと、ディアボロに身を委ね与えられる快楽……その両方に押し潰されそうになっていた、十三歳の頃。

教皇猊下の元に、聖女である私に縁談の申し出がありました。

聞いたところによると、お相手は〝醜いオーク〟と呼ばれるバルドベルク帝国の皇太子だとか。

身分……ということに関しては、私も農家の娘という出自ではあるものの、今は聖女として確固たる地位におりますので、たとえ皇太子でも見劣りするようなことはないでしょう。

とはいえ、噂で聞いた限りでは、皇太子という身分以外は、まさに人間ではないと言えます。

オークと見紛(みまご)うような醜い容姿。卑劣で、下衆(げす)で、冷酷な、まさに魔物と呼ぶに相応しい男。

当然、教皇猊下はバルドベルク帝国のオットー皇帝からの親書を、使者の目の前で破り捨て、拒否しました。

ですが……うふふ、その時の私は、まさしく自分に相応しい御方だと、逆にそう思ってしまいました。

主ミネルヴァを裏切り、悪魔ディアボロに不浄を捧げる、聖女とは名ばかりのこの私にこそお似合いだと思いませんか？

ただ、いずれにせよ〝醜いオーク〟はミネルヴァ聖教会にとって忌むべき敵であり、排除すべき存在。

そう……彼は、破滅へと続く轍(わだち)を作る者……だったはず、なんですが……。

「……うふふ、あのような根も葉もない噂、一体誰が流したのでしょうね……」

などと呟いてみますが、そんな真似をしたのはルートヴィヒ殿下と婚約予定だった、ベルガ王国のソフィア王女以外いらっしゃらないのですが。

それにしても、帝立学院に来てからのルートヴィヒ殿下の印象は、裏切りの連続でした。

見た目は〝醜いオーク〟などとは程遠く、同年代の男性よりも少し幼く見える彼は、とても可愛らしいと思いました。

彼の性格も、皇太子に相応しい……いえ、あの御方の高潔さは、そのような言葉では表せません。

それに、身分の低い従者でしかないイルゼさんに対する優しさや、オフィーリア殿下との彼女の誇りを守るための戦い。

何より。

『……情けなくなんか、ないよ』

『僕は、あなたがすごい女性(ひと)だってことを知っています。いつも聖女であろうとして、頑張って、努力して、このボルゴニア王国にも、危険を顧みずに救済に走って』

『ね、聖女様。そんなあなただからこそ、僕達はここまでやってきて、助けたいって思ったんです。聖女だからじゃない。あなたが尊敬できる女性(ひと)、ナタリア＝シルベストリだから』

あの御方は、悪魔ディアボロに身を捧げた私に対しても、そのような慈愛を与えてくださったのです。

聖女ではない、ただのナタリア＝シルベストリに。

ルートヴィヒ殿下の言葉が、どれほど私の心から闇を払ってくださったか……っ。

ああ……今も私の心に、沁みわたる……。

「……あの御方になら、託せます。いえ、あの御方以外に誰がいるというのですか」

ロレンツォ達の陰謀を打ち砕き、ボルゴニア王国の多くの民を救った、尊き御方。

女神ミネルヴァでも、ましてや悪魔ディアボロでもなく、私がこの身を……純潔を捧げるべき、真の御方。

「ああ……ルートヴィヒ、殿下……！」

ルートヴィヒ殿下を思い浮かべ、私は人差し指を舐め甘い吐息を漏らす。

窓には、恍惚の表情を浮かべる私の姿が映っていた。

終章　喪男に大切な仲間ができました

「くらえ！　ストオオオオム……ブレイカアアアアアアアッッッ！」

「ちょ⁉」

　こんにちは、ルートヴィヒです。

　僕は今、オフィーリアの必殺スキル【ストームブレイカー】を受けて宙を舞っております。

　なんでこんなことになっているかって？　僕が聞きたいよ。

　というか、オフィーリアが帝立学院に帰ってくるなり、『僕と手合わせをしたい』って言い出すんだもんなあ。

　あれだけ聖騎士やボルゴニアの兵士達を蹴散らしたっていうのに、まだ物足りないっていうのかな。この戦闘狂（バトルマニア）め。〝狂乱の姫騎士〟の二つ名は伊達じゃない。

　じゃあ受けなければいいじゃんって話なんだけど、僕としても今回のボルゴニアの一件では助けてもらったからね。さすがに断りづらかったっていうのが大きいんだけど。

　……いや、ちょっと違うかな。

　僕は、オフィーリアに応えたかったんだと思う。

もちろん、オフィーリアだけじゃないよ。

石化の状態異常に苦しみながらも、役目を果たそうと一生懸命に頑張った聖女。

二重スパイという非常に難しい役割をこなし、最も守るべき聖女が苦しむ姿に耐えなければならなかったマルコ。

オフィーリアに付き従い、裏方に徹して手助けをしてくれたクラリスさん。

そして……ずっと僕を支えてくれた、イルゼ。

僕は今回のことで、みんながいてくれたことを、こんなにも感謝したことはない。

あの『醜いオークの逆襲』で、西方諸国を蹂躙し、ヒロイン達を捕らえては凌辱し、欲望の限りを尽くしたルートヴィヒ＝フォン＝バルドベルクに、これだけの素敵な仲間ができたんだ。

デュフフ……といっても、仲間って思っているのは、僕だけかもしれないし、みんなからすれば迷惑かもだけどね。

「フフ……弾き飛ばされて地面に寝転がっているというのに、嬉しそうじゃないか」

「あ……」

いつの間にか傍にいたオフィーリアが僕の顔を覗き込み、笑顔で右手を差し出した。

どうやら僕は、オフィーリアが【ストームブレイカー】によるスタン状態から回復するまでの間、ボーっとしていたみたいだ。

「デュ、デュフフ……すみません」

「なあに。だが、意外だったよ。まさかディートリヒ殿下が、私との手合わせを了承するとは思わなかったからな」

　オフィーリアの手を取り、僕は苦笑して立ち上がる。

「……これからは、用事がなければ手合わせしますよ。だって、仲間からのお願いですし」

　うわー……僕、メッチャ恥ずかしいこと言っちゃったよ。

　多分、耳まで真っ赤になっているんじゃないかな。顔が熱くて仕方がない。

「ふむ……仲間だというなら、その敬語はやめてもらいたいな。聖女殿もそう思うだろう？」

「うふふ、もちろんです。仲間の間に、遠慮なんて必要はありませんから」

　オフィーリアの言葉に、聖女が微笑んで頷いた。

　でも……そっか。みんなも僕のこと、仲間だって思ってくれるんだね。

「じゃ、じゃあ、みんなも僕に敬語はやめてほしいし、その……呼び方だって、『殿下』なんて敬称はいらないからね」

「それはいいな。実は、いちいちディートリヒ殿下などと呼ぶのは、面倒だったのだ」

「でしたら私も、聖女などではなく、〝ナタリア〟と呼んでいただけますでしょうか」

　聖女が、ここぞとばかりに豊満なお胸様で僕の二の腕を挟み、おねだりをしてきたよ。

　いや、ボルゴニア王国で後処理をしていた時から、これまでよりもさらに距離を詰めてくるようになったんだけど。

　今だって、ほんの少し顔を近づければ、その柔らかそうな唇に触れてしまいそう……って。

「聖女様……いえ、ナタリア様。それは仲間としての距離感ではありません。ルイ様にご迷惑となりますので、おやめください」

「……あらあら、そうですか？　仲間なら、これくらい普通だと思いますよ？」

藍色の瞳からハイライトが消えたイルゼと、サファイアの瞳からハイライトの消えた聖女が、僕を押しのけて睨み合う。怖い、メッチャ怖い。

「クハ……ですが、同じ立場である聖女様やオフィーリア殿下はともかく、私達はさすがに……」

「何言ってるの。マルコ君は僕にとってこの中で唯一の同性なんだから、それこそ遠慮してほしくないいんだけど」

「ハア……本当に、ルートヴィヒ君は変わってますねえ」

「ルートヴィヒさんだから、仕方ありません」

肩を竦めて苦笑するマルコとクラリスさんだけど、ちゃんと付き合ってくれるんだから、本当にありがたいよ。

何といってもこの二人、僕達の中で最も空気を読んでくれるからね。オフィーリアは特に見習ってほしい。

「それでは、私は君のことを是非とも〝ルイ〟と……」

「いえ、普通にルートヴィヒでお願いします」

「そ、そうか……」

まさか断られるとは思っていなかったのか、あからさまに落ち込むオフィーリア。

「な、なら、私のことは〝リル〟と呼んでくれ！」

「分かったよ、オフィーリア」

「ルートヴィヒとの間に壁を感じる⁉」

そんなことを言われても、前世の記憶があるからどうしても『オフィーリア』のほうがしっくりくるんだよなあ。

というか、オフィーリアはオフィーリアなのだ。

だけど……嬉しいなあ。

前世でも喪男で、独りぼっちで、転生しても〝醜いオーク〟の僕が、こんなにも素敵な仲間ができたんだから。

最初はどうなるかと思ったけど、この世界に転生してよかったよ……って。

「イルゼ、どうしたの？」

「そ、その……どうしてですか……？」

イルゼが僕の顔を上目遣いで覗き込み、おずおずと尋ねる。

彼女の言う『どうして』っていうのは、オフィーリアに僕の愛称を呼ばせなかった理由、ってことでいいのかな。いいんだろうな。

「僕にとって〝ルイ〟という名前は、すごく特別なんだ。だから、これは一番大切な女性に呼んでほしいから」

「あ……」

「デュ、デュフフ！　僕はオフィーリアの手合わせに付き合わされて、お腹が空いちゃった！　ポルガを救ったお祝いも兼ねて、打ち上げをしようよ！」

「は、はい！」

「むむ！　ディートリヒ、私のせいにするな！」

「うふふ、楽しみですね」

「クハ、しょうがない。付き合うとするかねえ……」

「まあ、ルートヴィヒさんなので」

恥ずかしくなった僕は、イルゼの手を引いて寄宿舎の中へと急ぐ。

オフィーリアも、聖女も、マルコも、クラリスさんも、みんな楽しそうに僕の後に続いた。

イルゼは……僕の手をギュ、と握りしめ、藍色の瞳を潤ませて隣を歩いてくれている。

まだ『醜いオークの逆襲』の本編も始まっていない中、破滅エンドしかないルートヴィヒの前途は多難だ。どんなトラップが仕掛けられているか、分かったものじゃない。

でも、今の僕は一人じゃない。

だから、この先も破滅エンドのフラグを全て叩き折って、絶対に未来を紡いでみせる。

この、最高の仲間と……最高の女性(ひと)と一緒に。

僕の名は、ルートヴィヒ＝フォン＝バルドベルク。

運命に抗う、エロゲが大好きな〝醜いオーク〟の喪男だ。

Mノベルス

ハズレスキル『ガチャ』で追放された俺は、わがまま幼馴染を絶縁し覚醒する

～万能チートスキルをゲットして、目指せ楽々最強スローライフ！～

木嶋隆太
illustration 卵の黄身

公爵家の五男に生まれたクレストは、家族内で肩身が狭く、幼馴染の婚約者には奴隷のように扱われていた。そんなクレストは、鑑定の儀で『ガチャ』というスキルを獲得できるスキル』を手に入れた。これで家族内での立場が改善されると思っていた。しかし、使い方が分からず嘘をついていると思われ、魔物が跋扈する森に追放されてしまった――。追放された先で魔物を討伐した時『ガチャ』を使用するためのポイントが手に入っていることに気が付く。そこでポイントを貯めて回してみると、生活に便利なスキルや戦闘に使えるスキルなどを獲得することができた。クレストはそれらのスキルを使い自由で快適な生活を目指すことに……！

発行・株式会社　双葉社

醜いオークの逆襲
同人エロゲの鬼畜皇太子に転生した喪男の受難

2023年12月3日　第1刷発行

著　者　サンボン

発行者　渡辺勝也

発行所　株式会社トーハン・メディア・ウェイブ
〒162-8710　東京都新宿区東五軒町6-24
［電話］03-3266-9397

発売元　株式会社双葉社
〒162-8540　東京都新宿区東五軒町3-28
［電話］03-5261-4818（営業）
http://www.futabasha.co.jp/（双葉社の書籍・コミック・ムックが買えます）

印刷・製本所　中央精版印刷株式会社

［電話］03-5261-4822（双葉社製作部）
ISBN 978-4-575-24699-5 C0093